眼の気流

眼的气流

松本清张
短经典系列

〔日〕**松本清张** 著

朱田云 译

人民文学出版社
PEOPLE'S LITERATURE PUBLISHING HOUSE

著作权合同登记号　图字01-2024-5839

Original Japanese title: ME NO KIRYU by Seicho Matsumoto
Copyright © 1963 Yoichi Matsumoto
Original Japanese edition published by SHINCHOSHA Publishing Co., Ltd.
Simplified Chinese translation rights arranged with SHINCHOSHA Publishing Co., Ltd.
through The English Agency (Japan) Ltd.

图书在版编目（CIP）数据

眼的气流 /（日）松本清张著; 朱田云译.
北京：人民文学出版社, 2025. --（松本清张短经典系
列）. -- ISBN 978-7-02-019078-2

I. I313.45

中国国家版本馆CIP数据核字第2025MY5142号

责任编辑　朱卫净　陶媛媛
装帧设计　钱　珺

出版发行　人民文学出版社
社　　址　北京市朝内大街166号
邮政编码　100705

印　　制　安徽新华印刷股份有限公司
经　　销　全国新华书店等

字　　数　108千字
开　　本　889毫米×1194毫米　1/32
印　　张　7.625
版　　次　2020年5月北京第1版
印　　次　2025年1月第1次印刷

书　　号　978-7-02-019078-2
定　　价　49.00元

如有印装质量问题，请与本社图书销售中心调换。电话：010-65233595

目 录

眼的气流
1

暗线
75

婚宴
107

忐忑
149

影
193

眼的气流

司机的故事

三月初的一个早上，惠那出租车的司机末永庄一接到调度的指令让他去峡西馆。

"客人要去上诹访①。"调度说。

从岐阜县惠那市②到长野县上诹访，一共大约一百四十公里，坐火车其实更方便，不过偶尔还是会有这种客人。但是，在刚刚融了雪的中仙道上走险路，肯定不会太舒服。

选择乘出租车从惠那市到上诹访温泉的肯定是有身份的人。出租车计价器估计要跳到一万，坐火车不超过八百日元就能到。

"记得要准备好链条。"调度提醒司机。

（如果现在出发，回到这里将是晚上十点左右。）

---

① 长野县西邻岐阜县，上诹访温泉濒临诹访湖，背靠雾峰山脉。

② 岐阜县位于日本本州岛中部，惠那市为其东南部城市。

末永握着方向盘的时候心里这么想着。考虑到这辆二手车的速度，他估计单程大概需要五小时。

"辛苦你了。今天多跑些，明天休息，可以去钓钓鱼。"调度对他说。

末永庄一今年二十五岁，单身，除了钓鱼，没别的爱好。

若坐火车去惠那市，是在中央线大井站下。惠那市其实离名古屋更近，坐火车一个半小时就能到名古屋，到盐尻则要两个半小时。

从这个车站向北走约两公里可以到达大井温泉，那是一个矿泉，最近和惠那峡一起被大力宣传。峡西馆是大井温泉景区里的大旅馆。

末永在街角的加油站加满了油，沿着山路开到峡西馆的门口。他让服务员告诉客人出租车到了，然后蹲在地上抽支烟。

过了一会儿，玄关深处的阴影里慢慢走出一个身穿华服的女人。女人手里拿着一件厚实的白色马海毛大衣，和一个男人一起被服务员送出来。男人是非常纤瘦的高个儿青年。

末永从服务员手里接过两个行李箱，放到车子的后备厢里。一个箱子上挂着名牌，上面写着"宇津美"，但不知道这是男人的姓氏还是女人的名字。

末永放完行李后回到车前，发现女人仍站在车外，盯着车子上下打量。她的脸盘很大，肉肉的，妆很浓，化得特别尖的眉毛很不开心地皱在一起。

"司机，你们只有这种车？"

"啊？"

"没有大一点的车吗？"女人一脸不悦地说。先行坐进车里的男人默默地抽着烟，青烟从敞着的车窗里飘了出来。服务员们仍站在后面等着，一个个双手交叠，毕恭毕敬地置于腹前。

"对不起，"司机老实地低下头说，"我们公司没有大车。"

"是吗……没别家的出租车了吗？"女人看看末永，又看看服务员们。

"这里是乡下，真的没大车。"末永满脸堆笑着说。

"真是的，要我在这种车里连续坐几个小时？"女人很不开心。"大概要五个半或者六个小时。途中还要翻山，山上有积雪，所以不能开太快。"

"会很累啊！"女人的模样依然不愿上车。

"喂，没办法，忍忍吧。"男人从车里叫她。

女人这才妥协，不情愿地弯腰坐进车里，华丽的衣服堆在男人的身旁。

末永从外面把车门关上，然后坐进驾驶座，稍稍调整后视镜的时候，瞄了瞄后排的乘客。

服务员们鞠躬送客。末永从后视镜里看到两个人正紧紧地肩靠着肩。

"大概几点能到木曾福岛①？"男人问。

"让我算算哦，"末永看了一眼手表，"大概一个半小时后能到吧。"

"到那里后，我们要下车吃点东西，你给我们找家店。"

"好的。"末永开始思考停在哪里会比较好。他经常去木曾福岛，对那一带很熟悉。但他一时想不出哪家饭店能让这两位客人满意，毕竟这两人看起来肯定想去高级饭店。

他重新开回惠那市的街上，然后朝北驶向木曾。这条路上，有很多运送木材的卡车。

---

① 位于长野县木曾郡，原是江户时代驿站，串联起东京至京都的六个县城的长约500公里"中山道"的其中一条山道，全长70公里，又叫"木曾路"。

道路与中央线的轨道几乎平行，时不时能看到火车超过出租车的景象。看着火车的车尾消失在前方的山脚，末永觉得有些奇怪：为什么这两个客人不坐火车？不过如果是坐火车，他们应该做不出现在正在做的令人害臊的事——女人抓着男人的手，身体完全靠在男人的肩上，时不时地还会咬男人的耳朵。看样子，年纪稍长的女人对男人非常着迷。

　　车子行驶过中津川，又驶过坂下、三留野、大桑等几处。木曾川流向左边的悬崖下方，在大大小小的岩石上激起冰冷的水泡。

　　后排座位上的那对男女变得越来越大胆。单身的末永忍不住时不时地看后视镜。他看到女人搂着男人的脖子，身体整个贴上去，与男人热烈接吻。男人小声地说"别这样！"或是"好痒！"男人说话的语气有些粗暴，是近来的年轻人喜欢学的那种黑社会口吻。

　　女人像是嘴里塞了颗巧克力似的，鼓起腮帮朝车窗外看去。"怎么看起来哪里都一样啊。"女人无聊地说着。

　　刚驶过一道山峡，紧接着又是一条窄道。陡峭的山坡上长着褐色的杉木林，坐在车里看去，就像一根根井然有序的条纹在眼前流动。山顶还有斑斑点点的积雪。

马上可以看到一个知名景点：觉醒石①。但末永没打算告诉这两位乘客。有的客人喜欢听司机介绍名胜，但这两位估计不喜欢。开到三留野的时候，其实这里有一间因岛崎藤村的《黎明前》而闻名的马笼客栈，但末永见两人一直在卿卿我我，所以决定一路上什么也不说。

　　车子开入福岛后，道路尽头处可以看到架在木曾川上的铁桥。末永在一家饭店门口停下车。

　　"啊，这种地方？"女人从车里透过窗户看到饭店的模样，丝毫没有想要下车的样子，"没有稍微好一点的地方吗？"女人一副责怪末永的语气。

　　"这里只有这家了。"

　　"没办法了。到上诹访之前，我们先忍着吧。"这句话是女人对男人说的。

　　末永有些拿车子出气般地猛踩油门。

　　"要忍饿到上诹访？"男人嗫嗫地说道。

　　末永从后视镜里只能看到男人的眼睛和侧脸——鼻梁很挺，算是一名帅哥。看到男人的模样，末永开始幻

----

① 源自木曾川一带关于浦岛太郎的传说，讲述他在上松的觉醒石上钓鱼时遇洪水，被卷入洪水中，醒来时发现睡在干净的床铺上，到了龙宫；因思恋家人，回到故乡，发现物事人非；打开龙女赠送的玉匣后，一下子变成了白发苍苍的老爷爷。

想昨晚这两人在大井温泉的旅店里翻云覆雨的场景。

"忍忍吧。等到了旅馆，我请你吃顿好的。"

两个人与其说是恋爱关系，倒不如说像是大女人宠着小男人。男人身上的新外套和领带，看起来就是女人买给他的。

车子开在上坡路上，这段路有积雪。道路本身也是蜿蜒曲折的，越往前开，路面的结冻程度就越严重。

"对不起，请稍等一下，"末永停下车，"我现在绑一下链条。"

"得用链条了？"男人说。

"是的。可以防滑，不然发生事故就惨了。"

客人不语。

末永从后备厢里取出链条，又一次看到了挂着"宇津美"牌子的行李箱。他有些好奇里面到底装着什么。

末永蹲下身给轮胎绑链条。他不知道在此期间车上的两个人在干吗。他瞥了一眼，看到的还是"老样子"。运输木材的大卡车一辆辆地从他们身边开过，末永有些心浮气躁。

"还没好？"车窗被打开，女人探出脑袋来问。

"马上，马上就好。"末永嘴上这么说，手上却自暴自弃般地故意慢吞吞地绑链条。他感觉今天做起来比平时更费事。

末永一边说着"让你们久等了",一边坐回驾驶座。这时,男人的手正插在女人的腋下,女人的脸则贴着男人的下颚。就算被司机看到,他们也一副无所谓的样子。

鸟居岭位于薮原与奈良井之间,铁路从其下的山洞穿过。公路上的积雪越来越多。两侧气势逼人的山坡上也覆盖着厚厚的白雪。

"司机,"女人从后面说道,"好冷啊,开暖气了吗?"

"开了。"

"怎么一点都不暖啊。"

"因为车子太旧了吧。"男人代为回答。

末永很来气,但又不能和客人吵架,只能沉默不语。而且他觉得这么一趟长途生意,除了车钱,应该还会有小费,所以只能选择忍耐。

鸟居岭海拔一千四百八十米,位于日本海与太平洋之间,是知名景点——但末永并没有介绍。终于开到接近山顶的地方,车子进入一条隧道。

驶出昏暗的隧道,眼前是一条晃眼的雪路。冬天的时候完全封路,现在只有路的正中央被除过雪。

"司机。"男人说。

"请说。"末永握着方向盘在危险的路上小心驾驶。

"你平时都做些什么呀？"男人似乎对抱着女人感到腻味了，终于开始问起一般客人会问的问题。

"没什么。"末永回答。

"那也太无聊了吧。"男人似乎有点同情末永。

"休息日会去河边钓钓鱼，仅此而已。"

"不看电影吗？"女人插嘴问道。

"电影也看，但是看了也觉得无聊。另外就是每个月会去名古屋玩一次。"

"名古屋？那地方大吗？"

"是的，算是大城市。"

"只有东京的五分之一吧？"

这是女人问男人的问题，但男人似乎不知道正确答案，犹豫着该怎么回答。

"两位是从东京来的？"

"是啊。"

末永的车子在下坡路上慢慢行驶。路边被阳光晒化了的雪已经变成泥水。车子好几次驶过泥水潭，前挡风玻璃上被溅得污浊不堪。

"你去过东京吗？"男人又问。

"去过两三次。"

"东京的路上，车子可多了。"那露骨的语气似乎在说，末永这样的乡下司机肯定没法在东京开车。

"我也听说过。"末永淡淡地回答，心里并非没感觉。事实上，一个月前，东京的出租车公司来找过他，问他想不想去东京开车。东京其实很缺司机，经常会来地方上挖人。来找末永的人给他开的条件是一次性三万日元安家费，外加固定收入、佣金和其他福利。

末永觉得趁年轻去东京闯一闯也不是坏事。其实前天他刚签了意向书。他与现在任职的公司的合同再过十天就要期满，他打算有始有终地做完，就去东京。

然而，末永的心头仍有一丝不安。一是他对东京的道路不熟悉，二是东京的物价非常高，他不知道能否养活自己。道路不熟悉的人其实没资格做出租车司机。他问过招工的人，对方不以为然地说没问题，还说前辈会教他，客人也会告诉他，时间久了，自然会熟悉。

收入肯定比在乡下开出租车要好很多。

他本来想问问这两个从东京来的客人有关东京的交通和出租车的情况，但从刚才到现在，他一直憋着没敢问出口。因为很明显，在对方眼里，他就是个乡下司机。他们瞧不起他。

越过山岭，来到奈良井的旅店区，压着石头的桧皮葺^①屋顶上仍有残留的积雪。从惠那市出发到现在已经开了三个多小时的车。太阳已开始落山。

在雪路上开车真的很辛苦，而且最难的就是在一半结冰一半融化状态的路上开车。车身已经满是泥水，末永想着回去要好好洗一下车。

离开奈良井之后是平泽、贽川、日出盐，然后终于开到了平地上。末永觉得后座安静得出奇，忍不住朝后视镜看去，只见两个人都已经累得睡着。他们这种心安理得的放松模样让末永心里很不痛快，他觉得自己开了一百二十公里的雪路，才是累得不行的那个。过了洗马，车子开到了盐尻岭。这里是比较平缓的丘陵，道路也比较便于行驶，只有树林里还有积雪。车子开到丘陵顶部，可以望见诹访湖的一片苍茫水面。

这时，车子的前轮不小心陷进一个大坑，重重地颠簸了一下。被颠醒的女人左看看右看看。

"到哪里了？"她开口问。

"刚刚越过盐尻岭，马上就要到下诹访了。"

视野中能可以看到亮着灯的冈谷街道。

"从下诹访到上诹访还要多久？"

---

① 柏树树皮做成的屋顶。

“十五分钟左右。”

女人似乎突然想到了什么，在男人耳边窃窃私语。男人一边揉眼睛，一边对女人的话频频点头。

末永很好奇他们到底在说什么。

“司机，”女人说，“我们在下诹访下车。”

“下诹访？不是上诹访？”末永问道。

“就到下诹访，突然想起来有点事。”

“那么是下诹访的哪家旅店？”

“不是旅店，是高级出租车包车服务中心。你把我们送到那里就行。”

司机只能听乘客的。但末永知道女人为什么会突然改变预定的计划，要他把车开到高级出租车包车服务中心。

“等一下。”男人先下车，一个人进了包车服务中心。他和工作人员说了一会儿话，回到车上，笑嘻嘻地对女人说：“他们说有去年年末刚进的新车。”

“司机，辛苦你了。多少钱？”

计价器显示九千二百日元。女人拿出一张万元新钞。不巧，末永没零钱。

“你去包车服务中心换一下零钱呀。”男人在一旁说道。末永觉得这客人真抠门，不过是八百日元的找零，换作别人肯定给他当小费了。

末永来到包车服务中心换零钱。他看到一旁的车库里停放着很多大型进口车。

末永把八百日元的零钱找给女人后，女人盯着手掌里的百元硬币，用眼睛仔细确认数目，然后全都倒进钱包。

"把行李移到那辆车上。"男人用下巴示意一辆绿色的车。天色已暗，包车服务中心外面的路灯照亮了车身。

末永打开行李箱，双手各拿一个，又看到了行李牌上"宇津美"的字样。

"辛苦你了。"女人的脖子缩在马海毛大衣里，听她的语气，心情似乎很不错。不过，她并不是在慰劳末永，而是在显摆自己。她连一分钱的小费都没给末永。

男人和女人换乘的进口车沿着湖畔道路朝上诹访方向开走了。那是一辆车身很宽、很气派的大型进口车。依偎在一起的男女的影子倒映在车窗玻璃上。湖畔亮着点点灯光，像美丽的细沙般闪闪发光。进口车的前灯射出两道光亮，在笔直的路上霸气地前行。

末永看着自己那辆满是泥水的旧车，觉得有些心酸，渐渐地又觉得可气。

那两位客人不愿意乘末永的车到上诹访的旅馆门口，是因为他的车太小，而且开了一百二十公里的雪路后，车身全是污泥。这会让他们觉得丢脸，没法在旅馆的服务员面前显摆。他们抛下末永改乘进口车，就是因为这种虚荣心。那两位客人完全不考虑末永的心情，甚至连一分钱的小费都没给。

两人刚才在车里吃了自己随身携带的很多东西。一般情况下，哪怕出于客气，也会问一下司机要不要尝一个。吃什么其实都无所谓，末永想要的只是来自客人的一份温情。从惠那市出发来到这里，一路上五个半小时，没让他休息片刻。只有过一次，是他实在忍不住小便，停车解了手，但回来后就看到女人皱着眉头嫌弃他不干净的表情。

虽说开出租的确实没什么身份，但那两名没人情味的客人实在让末永很生气。女人看起来三十二三岁，男人应该是二十七八岁。他们肯定不是夫妻。女人看起来像是在东京做酒吧老板娘的那种人。末永觉得这对男女在一起怪怪的。感觉男人应该是被女人养着的。从女人的口气能看出男人应该是她雇的，比如说酒吧里的酒保。末永觉得从这两人身上感受到了传说中的东京人的冷漠。昨晚他们在大井，今夜则在上诹访，游历各地温泉，过着只知享乐的奢靡生活。

末永想到之后还得开着满是泥浆的车子再开一百二十公里的雪路，就突然觉得很饿。他打算找个小饭馆吃碗热腾腾的拉面，当然都得自己埋单。他一边寂寞地开着回程的车，一边想象着站在豪华旅馆门口傲慢地站立着的一男一女。

末永庄一来到了东京。

新的出租车公司位于五反田附近。他租了一间鸽子笼大的小屋。

最近，东京的出租车公司非常缺人，各大出租车公司都去地方上招工。其中也有人偷偷雇用持有非小型车驾照的司机。

末永是乡下出来的，做一休一对他来说没什么，但最头疼的还是他之前担心的对东京道路不熟悉的问题。所以哪怕是休息日，他也会刻苦地翻阅地图，并努力记在脑子里。

第二个让他犯愁的就是交通的拥挤程度比他之前想象得还要严重。白天的市中心根本就是水泄不通。所以他白天尽量不往市中心跑，而是在山手地区附近兜生意。从载客率来说，其实这里更高，几乎没有空车的时候。如果去了拥挤的市中心，赚钱的效率反而会降低。

两个月后，他终于大致记住了所有的主干道。当然，不是整个东京，而是仅限于他常跑的山手地区。中野区、新宿区、杉并区、丰岛区都在他的跑车范围之内。在这样的范围里，他基本可以搞定。如果是难找的小路，则会让客人给他指路。

出租车公司的待遇还算可以。他不太喝酒，也不赌博，最多只在休息日去鱼塘钓鱼。

在乡下的时候，他就喜欢钓鱼，木曾川以及木曾山中的溪流都是他爱去的地方。他偶尔也会去爬危险的岩石，然后露露营，钓钓马苏大马哈鱼。

不开工的日子，末永都会在公寓里睡到午后，然后起床出去钓鱼。想在东京钓鱼，要么雇船出海到大森冲附近的海域，要么去青梅、冰川附近的河流。但无论去哪里，都既花钱又花时间，末永负担不起。

鱼塘的收费其实也不低。一小时八十日元，四小时就得三百二十日元。而且这还是最低收费的选择，只有金鱼以及少量的鲤鱼和鲫鱼可以钓。如果是专门钓鲤鱼或鲫鱼的鱼池，半天（四小时）就得花五百日元。如果说花五百日元能钓上来很多鱼倒也罢了，论条卖掉也不会亏，但问题是很难钓到。习惯在河里钓鱼的末永在鱼塘里钓的时候完全不得要领。习惯了吃鱼饵的鱼全都很狡猾，绝不轻易上钩。但是因为末永实在没别的爱好，所以只能来鱼塘。在这件事情上，末永庄一很专一。

把鱼饵掷入浑浊的池水时，他不由得想念起乡下的清澈河流。记忆中的垂钓地，不是像眼前这种局促的小水池，而是被阿尔卑斯山脉① 包围着的、广阔无边的自在天地。

末永打算忍两年就回乡下。他觉得东京其实不适合自己，但三万的安家费要求他至少在公司做满一年。

如果是在老家，坐车的都是熟人，大家都很好说话。但是在东京，无论去哪里，都只有完全不认识的陌生人。末永曾经载过一个年轻人，结果却被他威胁；也碰到过难对付的醉汉。一脸漠然的客人、无理取闹的客人……所有人都是和末永没有任何关系的冷漠的人。

夏天的一个晚上。

他的车在户越附近转悠时，被一对男女拦下。女人穿着白色和服，男人穿着淡咖啡色西服。

男人先上了车，头发已经半白。三十出头的女人也随后坐了进来。

“去涩谷。”女人说。

“好的。”

末永从第二京浜国道开到五反田，然后朝目黑方向

---

① 日本的阿尔卑斯山脉指本州中部山脉，由北向南跨越富士、新潟、长野、岐阜等县，包括南部的木曾和赤石山脉。

开去。他一边开车一边心想后排的女人怎么那么眼熟。

他不停地从后视镜里看过去，想要确认女人的长相。

虽然没开车内灯，但两侧繁华的商业街的灯光不断照亮乘客的面容。有时候对面开来的车辆的大光灯也照到乘客的脸上，就像拍照时脸上被打了强光。这些都很利于末永确认女人的长相。

没错！就是那时候的那个女人！就是末永在惠那出租车工作时，也就是他确定要来东京的十天前，预订从大井温泉开到上诹访温泉的那对男女中的女人。无论是其发型，还是现在不停地和男人说着话的侧脸，虽然身上的和服因为季节与当时不同已经有所改变，但末永认准了就是这个女人。

没想到在这么大的东京，茫茫人海，还能载到这个女人。这只能说是近乎奇迹的偶然。

当然，女人不会记得这个在中仙道上开了五个半小时车的乡下出租车司机的脸。就算正面看到，末永自己不说，对方也肯定完全不记得。大部分的时候，乘客都不会在意司机长什么样，就像对待邮递员一样，大家只把他们当做一类职业人员看待。

那时候，这个客人因为虚荣，在下诹访换乘了高级进口车，而且没给一分钱小费——一想到这些，末永当时那份愤恨的记忆苏醒了。

不过这一次，女人身边的男人换了。当时是一名比女人小的帅哥，这次则是一位中年绅士，头发在灯光下泛着白光，皱纹很深，表情有点严肃，眉毛比较稀少，眼睛深凹，大鼻子，阔嘴唇——多少有一些突出的下颚下方，喉咙部分的皮肤松弛下垂。

这个男人的神情很笃定。女人有些耐不住地叽叽喳喳说个不停，那声音和末永那时听到的一模一样。唯一有差别的，就是她现在没有当时和年轻男人在一起时的粗俗感。女人的话语断断续续地传进末永的耳朵里，似乎说的都是某某怎么样了的八卦。

末永觉得这两人应该是夫妻。年龄差了不少，他猜女的是续弦。之前他还以为女的是酒吧老板娘，其实现在仍有这种感觉。但女人对现在这个男人的说话态度，有一种不是夫妻就不会有的、历经岁月磨砺后的淡泊爱情的感觉。如果这两人是夫妻——末永心想，那就大有故事了——这个太太包养小白脸，自己就是见证人，不容置疑。

末永的心里有些焦躁。这是别人的事，现在女人正面带微笑地看着她丈夫，如果他多嘴，女人肯定会恨他。一想到她当初的冷漠，末永到现在都觉得可气。一无所知的丈夫成熟稳重，心满意足地听着女人说话，还时不时地点点头。看起来他们家挺富裕的，无论是男人讲究的着装还是淡定的态度，一看就是非富即贵，也许是哪家公司的社长或高管。他们在户越上车，说不定家就在那里。

末永不停地从后视镜里观察着两人，为此他在途中把车速放得很慢，后面的车子好几次按喇叭催他提速。

他暗自想着，如果车子到目的地后，他打开车门对女人说"太太，上次谢谢你"，女人一定会很吃惊吧。他想报仇。但在这个善良的中年男人面前，他又有些于心不忍。他心想，如果丈夫中途下车，那他就要吓唬一下这个女人。

车子下了道玄坂，来到涩谷热闹的商业街。"师傅，"男人说，"在前面停一下。"

男人指的是通向车站且与大路相交的一个三岔路口。

"那我走了。"绅士对妻子——估计是妻子——温柔地说完，慢慢地下了车。

"你走好。别回去太晚了。"

"好。"

女人没下车！

末永见女人没下车，不由得吞了口口水。刚下车的那个男人走入人群，现在只能看到他的背影，也许是因为发福，看起来有点驼背，有点矮。女人的脸凑到窗边，朝回头看她的男人挥挥手，感觉挺开心的。

"司机，"女人说，"回世田谷。"

女人完全没发现末永就是当初开车送她从惠那市到下诹访温泉的司机。她估计也没想到岐阜县的司机会来到东京。末永心不甘情不愿地调转车头。

开上道玄坂后，车子向三轩茶屋方向开去，到了世田谷，这里是末永最不熟悉的地方。对末永而言，没有比这里更难开的路了。弯弯曲曲的林间小道有时会直接通往商店街；以为是近路，结果又绕回原地；一不小心就会开到断头路；或是开着开着就完全没了方向——所以末永对世田谷地区总是敬而远之。

"世田谷的哪里？"

"世田谷二丁目，边上有一所小学。"

"我不太清楚。如果您知道怎么走的话，能告诉我一下吗？"

"可以。"

女人在三轩茶屋①的三岔路口给末永指了一个向右

---

① 东京世田谷区的町名，旧称西太子街区。

的方向。右转后，再向左。每到一个路口，女人都会指路。

"你怎么对这一带这么不熟悉啊？"女人觉得末永很无知。"这边的路比较难走。"

"虽然每个司机都这么说，但你好像有点过分了吧？你是刚从外地来的吧？"

末永以为女人快要认出他了，但之后女人什么都没说，只是在每个路口给他指路。

"就是这里。"女人命令末永停在某条狭窄小路上的旧住宅区前。

女人看了一眼计价器，付完钱下了车。那走路的方式让末永再次确认：就是这个女人。末永一边做工作记录，一边时不时地抬眼看女人到底去了哪里。

其实这一路上，末永好几次都想开口说"这位太太，上次谢谢你了"，来吓唬一下这个女人。但因为他还想继续看女人接下去的好戏，所以每次话到嘴边都忍住了。

女人进入一旁的小路，稀落的路灯照亮了她的背影。

末永很好奇女人走进去的地方到底有什么。这里看起来不像是高级街区。末永有一种感觉，之前从惠那市一起坐车来的年轻男人就在那里等她。

但他不能发呆，也不能一直停车，于是发动了引擎。稍微朝前开一点，发现右手边有一排围栏，能看到校门。这就是女人刚才提到的小学。

末永开到交叉路口，调转了车头。因为之前有过在世田谷迷路的经历，不熟悉的路，如果一直直行，很可能会不知道开去哪里，所以他决定沿原路返回。但一回到女人刚才下车的地方，他又改变了主意。他把车停在一边，关灯熄火，沿着女人刚才的方向进了小路，去探险一番。他觉得就算一时找不到女人，也应该可以看到她可能进入的公寓。末永凭感觉认定，其中一间公寓就是那个年轻男人的住所。

之后的一周，末永一直在户越地区开车，而且每次都特别留意周围。他觉得也许会在这里再次遇到那个女人。他感觉那对夫妻应该就住在这附近。

再说那个年轻男人的家，那天晚上还真给末永找到了。就从那条小路向里走一百米，有一栋混凝土构造的两层楼小公寓。门口低矮的围墙上挂着"绿庄"的牌子。末永当时没看到女人，但就是有一种"一定在这里"的感觉。当时还不是太晚，又是初夏，每间房间都亮着灯，映射出屋内的人影。末永不知道具体是哪家，

眼的气流

而且不能在那里逗留太久，因为自己赖以谋生的出租车还停在路边。最近夜里的生意都比较好，末永觉得为了完成业绩指标，自己不能继续浪费宝贵的赚钱时间。

末永手上的线索就是当时放在后备厢的行李箱上挂着的"宇津美"的牌子。虽然依旧不知道那是女人的名字还是男人的姓氏，但他觉得好歹可以用来一试。

他拦住一个从绿庄走出来的年轻女孩，问："你认识宇津美吗？"

女孩毫不犹豫地回答："宇津美住在八号。"

末永一时激动起来："是个二十七八岁的男人吗？"

"是啊，"女孩看着末永身上的服装问，"你是出租车司机吧？是来找他追讨车钱吗？"

"不是的。他是做什么的？"

"不知道。听说好像在演艺公司做事。"

"是给艺人做经纪人吗？"问这话的时候，末永脑子里浮现出那个男人的模样，觉得很符合，"他结婚了吗？"

"应该还是单身，不过经常有女人来找他。"

"就是他！"

他不由得上前一步："找他的那个女人是不是三十二三岁……稍微有点姿色，感觉像酒吧老板娘？"

"是的。怎么了？"女孩的眼里闪着怀疑的眼光。

末永觉得自己不能再深究下去了，于是找了个理由随便搪塞了过去。

自那以后，每次经过女人所住的户越地区，他都会不由自主地观察行人。

那个男人经常进出演艺公司，但不知道具体做什么。也许是个默默无闻的小演员，或是在乐队打鼓或吹小号的。那个女人看样子就是会喜欢这种人的有闲太太。末永觉得自己的这种想象很符合在那一百二十公里的中仙道上行驶时看到的两人的感觉。

如果可以，他想找到女人的丈夫。倒不是要干吗，只是也想确认一下那个男人的情况。他觉得自己的想象才完成一半，所以有些着急想要补全。末永已经知道宇津美是那个年轻男人的姓氏，现在还想知道那个女人的姓——如果她和那个中年男人是夫妻的话，那也会是那个五十多岁中年绅士的姓氏。然而，他并没有什么线索，也不可能随便去附近的香烟店打听。

好在他又被神秘的偶然眷顾。不过他觉得这次并非完全出于偶然。这阵子他一直在世田谷地区开车，所以在这样的"偶然"中存在着必然性。就像俗话说的那样，有二就会有三。当时，末永的车正开在三轩茶屋的路上。

也是在晚上，电车轨道旁有人举手拦车。停下一看，居然就是那个年轻男人。而且旁边还有那个女人。这一次，两人没有相依相偎，女人好像担心被人看见，故意与男人保持一定的距离。末永见状，心里扑通乱跳。

"喂，去目黑，停在车站前就行。"那种发号施令的语气也和当初一样。之前是一身全新的西装，今天则穿着红色运动汗衫和白色裤子。末永心想，最近东京的年轻男人怎么都爱穿红色？像女人似的。

两个人这一次都没有认出末永。特别是女人，前几天还在东京载过她的司机，这会儿也完全没认出来。她肯定想不到，自木曾以来，同一个司机会载到她三次。

末永赶紧调整一下后视镜的位置。车子开在明亮的大街上，后排的情形被照得一清二楚。两个人和之前一样，肩并肩地黏在一起，但今晚的两人之间不只有当时享乐的感觉，还夹杂着一些"正经事"的气氛。载着这两个人的时候，末永产生了一种错觉——眼前的东京街景似乎一下子变回了木曾的风景。

末永听到男人低声的说话。

"还缺一点，你能想想办法吗？"男人一边吸烟一边说。

"是吗？"女人也压低声音说完这句，过了好一会儿才又开口问，"上次刚给过你吧。"

"是啊，十天前了。"男人吐着烟说。

"你骗人，是一周前。"

"是吗？一周和十天差不多。反正钱已经没了。"

"你用得也太快了吧？是不是又拿去乱花了？该不会是去找年轻女孩了吧？"

"别乱说。别看我混成这样，也是有很多地方要用钱的。和乐队成员应酬的时候总不能做铁公鸡吧。"

"那倒是，应酬肯定要的。特别是你的那种职业，要是没人脉就完了。"

"你懂我就好，"男人低声笑着说，"所以五万真的不够用。你不是还有存款吗？"

"有是有……"女人思考的时候，男人斜眼看着她。

"你要是不想动存款，就问你男人要。你能不能现在就去？最好今晚就拿到手。"

"太急了吧？"

"真的急着要用。"

"不是花在女人身上？"

"你别乱想。那种事我已经没兴趣了，你完全不用担心。"

"真的？"

"我不会骗你的。"

末永听到两人的这番窃窃私语。

这时，女人抬起头，对末永命令道："不去目黑了，改去五反田。"

"五反田？"

"是的，不是五反田车站，是户越银座那里。"

末永心想：太好了。他来了劲儿，大概已经猜到接下去会发生什么。而且他觉得是个好机会，可以知道女人的家到底住哪里。顺便可能还能见到那个在涩谷下车的驼背丈夫。

年轻男人开始哼起小曲。

女人为了在路边的公用电话亭打电话，途中下过一次车。

末永猜测女人多半是打电话回家。男人在车里继续心情愉悦地哼着小曲，一副马上就有钱拿的得意模样。

末永估计接下去女人会问丈夫要钱，然后给年轻男人。而且从刚才听到的对话来看，女人平时一直给年轻男人零花钱，还不是一两千的小数目，而是以万为单位的重金。女人的丈夫一定是个有钱人。

打完电话，女人回到车上。"他在吗？"男人小声问道。

"在，"女人轻松地回答，"你在这儿下车等着。"

"是吗？那我去那家咖啡馆等你，你马上就会回来，对不？"

"放心吧，电话里已经说好了。"

"那就拜托啦。"年轻男人拍拍女人的肩膀，打开车门走了下去。站在路上的他还殷勤地朝女人挥手。

末永载着女人继续行驶。

开到五反田地区，行驶了五百米左右，来到一处高级住宅区的门口——长长的墙壁，深幽的房子，还有茂密的庭院。"就停在这里。"

车子停在一栋气派的洋楼前。女人走到房子边上的空地处，没有直接进屋。建筑本身不是很大，但很有现代感，设计很时尚，还带车库，门是铁栅栏式的。家门口还有路灯，就像是刊登在建筑杂志上的理想住宅。只有一扇窗户里亮着灯。

占地面积估计要上千坪①，屋子的周围是茂密树林似的植被，天色很暗，看不太清楚，但感觉应该有很大的草坪和众多花草树木。

"你在这儿等着，"女人下车前对末永说，"过会儿

----

① 1坪约为3.3平方米。

再开回去。"女人这么说，是因为觉得这个司机已经认得路，所以不用再费事另外拦车。

末永在昏暗的车里抽着烟，一只手肘撑在方向盘上，透过前挡风玻璃看着女人的背影。

这时，门口出现一个人影，定睛看去，正是那个五十开外、驼背的中年绅士，穿着居家服和拖鞋。估计是接到女人电话后，计算好时间出来找她。

两人在门口站着说了一会儿话。末永一直以为两人是夫妻，但现在看，又觉得应该不是。

因为车窗开着，所以他听到了他们的对话。

"我女儿的情况不太好，"男人说，"说不定再过一周就不行了。"

"医生怎么说？"女人低声问道。

"医生说她爱吃什么就让她吃吧。"

"好可怜，"女人叹着气说，"你那么宝贝她，居然要白发人送黑发人，实在太可怜了。"

"真的很难受，"男人垂着肩膀说，"对了，你刚才在电话里说的那事。"

"真抱歉。"

男人从怀里取出一包东西。不用说，这就是女人在电话里问他要的现金。

"对不起，让你费心了。"

"等我这边稍微得空了，再去找你。"

"我没事。你多陪陪女儿吧。"女人迅速把钱装进包里。

"你路上小心。"男人和女人并排走着，送她上车。

"你别送了，快回去照顾病人吧。"

"谢谢。"

女人快速回到车上。

末永心里又燃起新的愤怒。光凭现在听到的这番对话，他可以很清楚地判断出两人的关系。之前他送两人从户越到涩谷，感觉两人在车里就像夫妻一样。换言之，两人应该在一起很久了。

女人在经济上一直受这个老男人的关照，而女人又把老男人给她的钱转手贴给住在世田谷的年轻帅哥。之前他们早春时分在信浓温泉地的游山玩水，也是瞒着老男人的秘密享乐。

末永把车掉头，朝来时的方向行驶。车前灯正好照到屋子的门柱上。他清清楚楚地看到名牌上写着"小川圭造"的名字。

老男人仍站在门口目送女人。女人从车里探出身子，朝车后的老男人振臂挥手。末永觉得那个驼背的老男人小川圭造真的太可怜了。

这世界上怎么会有这种事？末永再看这女人，印象没有改变。估计她之前就是做酒吧老板娘的，也许现在也是。她从善良的老男人身上榨取金钱，然后又贴给那个在演艺公司做事的小白脸。

末永很想教训一下这个女人。但一想到对方肯定不好惹，而且自己是个乡下人，无论自己说什么，对方肯定不会当回事。他突然想把一切都告诉那个小川圭造。这样更有效，善良的老男人会因此得救。幸好自己已经知道年轻男人的姓名和底细，说出来的时候也可以言之凿凿。

他觉得一直憋着不说话实在很难受。他一边开车一边向女人搭讪，虽然心想应该没事，但还是刻意地变了一下声调。

"这位太太。"

"什么事？"女人回答，听起来心情很好，毕竟刚刚白拿了一大笔钱。

"刚才那里不是您家吗？"

女人笑着说："你猜。"女人说这话的时候非常职业化。

"我还以为您就是刚才那家的太太，还想着您住的地方真好，真羡慕呢。"

　　"别傻了，住在那种大房子里不一定幸福。"

　　"是吗……"在末永听来，女人刚才的话仿佛在说：还是和小白脸一起吃喝玩乐更幸福。他强忍住自己真正想说的话，改口道："干我们这行的，看到那种房子就会特别羡慕。"

　　末永看准了不管自己说什么，这个女人都不会认出自己。"您住哪里？"他试探着问。

　　"你猜？"女人继续打太极。

　　"刚才那位先生和您关系很亲密吧？"

　　"你这么看？"女人因为之前和年轻男人在一起的时候被末永看到过，所以被这么问的时候明显有些尴尬和不悦。

　　之后，女人便开始沉默。末永也无言地继续驾驶。

　　"这位太太，"末永又叫她，"刚才那家人家是哪里的社长家吗？"

　　"干吗这么问？"

　　"感觉房子好大，那得有多少坪啊？"

　　"应该有一千两三百坪吧。"

"那么大啊，好厉害。我住的地方只有六张榻榻米大。在东京能有那么大房子的没几个吧？那位先生一定是社长吧？"

"算是吧。"女人含糊其词。

女人似乎不想继续被打听下去，所以车驶上了目黑的坡道后，她就说要下车。

"这里吗？"

"我想起来有点事。"

这里附近有很多空车。女人付了钱，立刻下车。手里拿着的小包里装着老男人刚才给她的一捆现金。末永心想，再过三十分钟，那些钱就该到那个年轻男人的兜里了。

末永翻起"空车"的牌子，开过女人面前，还没开出百米，又突然想到，这样下去，自己和女人之间看不见的连线就会从此切断。俗话说事不过三，估计那个女人以后再也不会坐到自己的车上。

末永在路口调转车头，回到之前的停车点，看到女人已经叫了另一辆出租车，正要上车。

夏天即将过去。

东京街头的人山人海似乎也开始各自回老家①。开出租车的一看上车的客人，就能知道是不是外地人。

末永已经想好马上就要告别这份出租车司机的工作。因为他和小川圭造已经约好。换言之，他很快就会为小川工作。而且这次的工作还可以让他的兴趣爱好得到充分的发挥。

他和小川圭造自从那件事之后就走得很近。

小川是某公司的高管，虽然不是太有名的公司，但其父亲是公司创始人，公司也创办得早。小川住的地方本来是他亲戚的家，当时那里还都是田地。他一开始买下的是三千坪土地，因为战后的财产税，后来又卖掉过一些，现在剩下一千两百坪——这些都是圭造自己说的。

小川圭造是个老实人。年过五十，更加成熟稳重，很有思想，也很克制，不会让别人看到自己内心的痛苦。无论受到怎样的冲击，也不会方寸大乱，睿智和经验让他看起来有种特别的稳定感。小川圭造似乎就是这种类型男人的典型代表。

末永把那件事告诉了小川圭造，那是他与小川之间的第一次联络。

---

① 在夏季的盂兰盆节（8月中旬）期间，日本人习惯休长假回老家。

当时，小川圭造的脸上并没有太多吃惊的表情。脸色发白、兴奋不已的，是告密者末永庄一。作为受害人的小川圭造只是吸着烟，一边点头一边听末永说话。

自己的情人包养小白脸——小川听末永报告的时候，就像在听别人的故事一样，看起来非常冷静。

"谢谢你，"小川向末永道谢，"其实我也并非完全没想过会发生这种事。"他脸上的表情依然没有变化。

"是吗？那您早知道了？"末永吃惊地看着小川。他那双稳重的眼睛周围满是层层的皱纹，看起来非常和善。

"今天算我多嘴。"看到对方的表情，末永庄一只能这么说。

"不是不是，我知道你是好心。……在你这种年纪的人看来，也许会觉得有些奇怪。"

末永觉得何止是奇怪，他根本就觉得很气愤。

"但到了我这种年纪，大多都会对那种事睁一只眼闭一只眼。她……"小川开始讲述女人的事，"她比我年轻很多，所以肯定想和年轻人一起玩。"

"您这么想？"末永觉得这位公司高管的想法和自己有着本质上的差异。

"说起来挺不好意思的，我自从妻子十年前过世后，就一直和她在一起。当时还不觉得有多大的年龄差距，但现在，我越来越意识到自己已经不再年轻，所以年龄差距就显得更加明显。谢谢你告诉我。你是好人。但我觉得那种事儿也没办法，毕竟迟早会发生。"

"那您是默认那两个人的事了？"末永对小川的态度非常震惊。

"你这么单刀直入地问我，我也不知道该怎么回答。说实话，你告诉我那事情，我听了肯定是不开心的。但是现如今也不想多生事端。而且对我来说，那个女人还是有可取之处的。"

"是吗？"末永只能瞪大了眼。

"怎么说好呢，有时候我觉得她就像我的女儿一样……你还年轻，可能没法理解我的心情……比如说艺伎们都有各自的主子，对吧？"

"是啊。"在惠那市的时候，末永也曾多次接送镇上的艺伎去大井温泉，所以知道一些。

"主子即使知道艺伎还有别的男人，也会故意装作不知道。那才是识大体的主子。哈哈哈，也可以说是一种无聊的虚荣吧。"小川圭造轻声笑道，"就是这种心理，就像你说的，我其实知道她拿了我的钱去给年轻男人花。她所有的钱都是我给的，但我没法就因为这个理由不要她。如果我不要她了，我知道她最后会怎么样。那个搞乐队的男人肯定也会抛弃她，那时候她会很可怜。"

末永很佩服小川居然会有这种想法，他觉得人一旦有钱，爱憎观念就会变得和普通人不一样。

"说实话，我有个二十一岁的女儿。妻子死了，我也没让她进门，因为我有女儿，但她快死了。我真的很难受。本来，女儿的结婚对象都已经确定了，偏偏这时候……"

末永想起了那天听到的小川和女人的对话。

"我现在深感世事无常。我也没想过再把她娶进门。当然，一方面因为我知道她不知检点，但这不是全部的理由。我希望有一段只属于我的安静岁月。事到如今，我不想因为年轻女人的事乱了自己的生活。"

说到这分上，末永多少有些理解小川的心情。但是，他还是觉得不可思议，这世界上怎么会有心那么宽的男人。明知道女人拿着自己的钱去养小白脸，却一句怨言都没有。末永觉得这简直像天方夜谭，一点都不现实。"你是叫末永吧？"

"是的。"

"女儿如果死了，我就是一个人了，会很寂寞。家里虽然有两个女用人，但我都不太和她们说话。我看你是刚从乡下来，人很正直，也很有趣，欢迎你常来我家，陪我说说话吧。……但我不是叫你帮我调查这个调查那个哦。"绅士微笑着说，"如果真要调查那种事，比起你，肯定找侦探社更有效。所以你不用担心，就轻轻松松来陪我聊天就行。"

"但是，"末永不知道该怎么称呼对方，叫社长不好，叫先生也有点怪，想了半天还是决定叫他"老爷"，"老爷今后也打算和她继续交往下去？"

"应该是吧。就算要分手，也希望采用对彼此来说都自然的方式。你也懂的，对方是不正经的、搞乐队的人，我自己不想和这种家伙有任何瓜葛。"

"那倒也是。"末永终于开始有点接受小川的想法：他不希望自己落得仿佛街头混混般的身价，去抢那个女人。与其说那是因为他爱那个女人，倒不如说小川根本不屑于追究她的所做所为。说到人格，那两个人根本没法和小川相提并论。高管的气场就是与众不同。

"是我这种乡下人考虑得太浅薄，说了不该说的话。"

"不是不是，你想的都是对的，那是一种正义感……就让我们都忘了吧。那个女人反正也不会进这个家门，你来玩的时候绝对不会遇到她。"

自那以后，末永就常去小川家玩。每次去，小川都很高兴，会盛情招待末永。对于一直蜗居在小公寓里的末永而言，这里就像充满惊喜的东京绿洲。

末永每次去小川家，就像小川之前保证过的那样，从没遇到过那个女人。小川和女人总是在外面幽会。末永很好奇，但终究没有勇气开口正面去问。末永也曾开着出租车在东京转悠，却再也没遇到过那个女人或是搞乐队的年轻男人。三次以上的"偶然"果然没有发生。

小川圭造终于还是失去了女儿。没过多久，他就利用手上的空地做起了新的生意。

准确地说，他是为了末永做起了新买卖。小川知道末永爱垂钓，就用空地建了个鱼塘。正好末永也腻烦了开出租车，承蒙小川的厚爱，感到非常高兴。空地很大，有九百坪，虽然没法建造特别大的鱼塘，但满足附近的客人小钓怡情还是绰绰有余的。

小川还把鱼塘的设计交给末永负责。末永参观了东京各大鱼塘，还去了鱼塘协会，从进货到饲料、给水排水设备等，学到了很多新知识。

末永辞去东京的出租车工作时，因为未满一年，需要支付三万日元违约金，这笔钱也是小川出的。末永答应会从自己在鱼塘工作的工资里每个月扣一点还给小川。末永马上就没了回老家的念头。既可以做自己喜欢的钓鱼，又可以在东京生活，没有比这更好的事了。他每天都会来鱼塘的工地监工，看着大量的工人把土地上的杂草铲除、把碍事的树木砍掉、一点一点挖掘地面……他的心里别提有多高兴了。

警察的故事

警视厅收到辖区警方委托，调查发生在关西地区的杀人事件，委托方希望东京警示厅在失踪人口里寻找可能对得上号的人。

被杀的女人身份不明，年龄在二十七八岁，看上去应该来自东京。辖区警方请求警视厅在失踪人口里予以调查。报案的材料里有女人的面部照片、身材特征和所穿衣服等详细信息。

负责本案的警员翻阅了所有近期失踪人口的报案材料，发现东京的失踪人口数量惊人，其中十七八岁到二十四五岁的女性特别多，而排在第二位的则是三十七八岁到五十岁的女性。

警方从几百份材料中找到一名女性，详细情况为：目黑区×上目黑××番地A栋的川久保澄江（三十二岁）。

特征为："身材偏胖，圆脸浓发，化妆很浓。九月十日十点半离家后失踪。没有遗书。当时穿着白色连衣裙，白色皮鞋，拿着鳄鱼皮包。所持现金数量不明，估计在三万日元到五万日元之间。脸部特征为：大眼睛，双眼皮，浓眉毛，阔嘴唇。"报案人是"品川区户越××番地公司董事小川圭造"，与失踪人员的关系为"友人"。

因为这个内川保澄江与关西警方发来的死者特征非常接近，所以警视厅的办案警员把她的资料调出来发给了关西方面。如果确认一致，关西方面则会派出警员来东京协同办案。

然而，关西方面很快就来了联络，说死者身份已经查明，是住在和歌山的女性，户越报案失踪的另有其人。

负责调查失踪人口的警员闲聊的时候，对搜查一科的朋友说起这件事。他在意的是报案人与失踪者之间的"友人"关系。大部分报案人不是配偶就是亲属，"友人"报案的少之又少。

这个"友人"意味着报案人与失踪者之间存在特殊关系。换言之，不是情人就是妾。而女人和报案人住在不同的地址，似乎也是一种旁证。

听闻这件事的刑警名叫桑木，年过四十。在警视厅的食堂里一边喝茶一边听朋友讲述这起案子。他觉得这案子有些蹊跷。刑警的第六感告诉他，这里面肯定有故事。

他之所以这么觉得，还有一个更重要的原因。

几天前，桑木刑警负责调查一起暴力事件，抓了几名吸毒的乐队年轻人。办这起案件的时候，他听说还有个打鼓的，名叫宇津美浩三，但最近完全不见了踪影。

暴力事件的嫌疑人都属于某演艺公司，公司会把他们介绍给二三流的演出场所。这些搞乐队的所谓音乐人经常聚众吸毒、打麻将赌博，有时候还会做出恐吓他人的恶性行为。宇津美浩三也是其中一人，但不久前突然不知去向。

当然，有可能是宇津美在警方调查前已经得到风声，所以事先逃了。但如果是这样，他应该会告诉他的同伙，不可能一个人逃走，他们这种人也有所谓的道义。

桑木向那群搞乐队的年轻人问起宇津美的事。"他好像身后有金主，但对我们完全保密，"其中一人回答说，"对方肯定是女人。而且应该不是出来做小姐的那种女人。虽然不清楚具体什么情况，但对方应该是个很富裕的女人。我们都在猜，说不定那女人是哪个大款的情人。宇津美那家伙对女人很有一手，就算赌博输了一大笔也毫不在乎，平时花钱也很大手大脚。要是背后没有金主，肯定做不到。"

在桑木的脑海中，朋友向他说起的川久保澄江——这名富商情人的失踪与不良乐队成员的逃走微妙地联系在了一起。当然，他暂时还没有什么确凿的证据，只能算是一种预感，也可能是误判，而且误判的概率会很大。

桑木刑警最出名的就是他的韧劲儿。他作好白忙乎一场的准备，来到宇津美浩三所居住的、位于世田谷区的绿庄公寓。

"九月十七日之后就再没见过那个人了。已经一个月了，也不知道去哪儿了，真伤脑筋，"公寓管理员说，"他本来就不是什么良民，我早就想把他赶走，但因为他是那种不良分子，我也怕若真赶他走，他会对我动粗。"

"有没有女人来找过他？"

"多得数不清。年轻的、年纪大的都有，每次都会在房间里闹腾到很晚。住在他隔壁的一直向我们抱怨。"

"你说年纪大的，大概是几岁？"

"有一个三十二三岁、像是酒吧老板娘模样的女人经常来找他。"

"那个人是不是头发和眉毛都很浓，眼睛很大，圆脸，嘴巴也比较大……"桑木把他记住的川久保澄江的特征说了一遍。

"没错，就是那种长相。您怎么知道？"管理员瞪大了眼。"那个女人在宇津美失踪后来过吗？"

"没来过。宇津美失踪前就没见她来了。其他年轻的女人不知道他失踪，所以他不见以后，还来过几个找他的。"

"知道了。谢谢。"

桑木正准备离开，突然又想到一个问题，赶紧问管理员："宇津美是从九月十七日开始不见的吗？"

"没错。因为十六日是周日，所以我记得很清楚。"

"原来如此，你看到他当天是从这里出去的吗？"

"是的，正好我在外面扫地。对了，我想起来了，当时是十点半左右，宇津美上身穿着一件像是女人穿的红色汗衫，下身是灰色长裤。"

"红色汗衫啊。"

"是的。当时没觉得那颜色有什么特别。他平时一直是吊儿郎当的模样，吹着口哨，说着风凉话，但那天他好像有心事，一脸不开心。当然，他没说要去哪里，我也没问。"

桑木刑警觉得自己接下来必须去找一下住在户越的小川圭造，他正是报案称川久保澄江失踪的人。

入秋的十月上旬，桑木刑警按着地址找到了位于鱼塘边上的小川圭造的家。

准确来说，鱼塘和他家看起来在一块地上，中间隔着低矮的围墙，围墙上有一扇可以让人自由进出的木门。

桑木自顾来到鱼塘，看到一间新造的小屋，像是管理员住的。这个鱼塘是最近刚造好的，非常新。一个握着鱼竿的钓鱼客正弯腰在一分为三的鱼塘边垂钓。

桑木记得报案人的头衔填写的是"公司高管"，但桑木看着这鱼塘，觉得和"公司高管"有些不沾边。

但他转念一想，也许这鱼塘是"公司高管"的兴趣爱好，也可能高管所在的公司不是太大规模，毕竟最近街边的小作坊也可以自称公司。

桑木刑警离开鱼塘，来到小川家。这栋气派的现代建筑旁边还带着车库。

幸好主人在家，没白跑。五十二三岁、一脸沧桑的男人，头发已经半白。这个年纪的男人找个三十多岁的情人不足为奇。

"真挺难为情的，"小川把刑警请进客厅，"您猜的没错，川久保澄江是我的情人。因为一些原因，我没法娶她进门，所以安排她住在那栋公寓里。但她突然不见了。我问过管理员，也说不知道。房间里的东西都还在，衣服也没动过。如果说她是自己离家出走的，我倒也并非一点头绪都没有。"

"此话怎讲？"

桑木刑警觉得小川知道宇津美浩三的事。

"她身边有个坏男人。她瞒着我和年轻男人鬼混。我曾委婉地提醒过她，但您也看到了，我已经是这把老骨头，不可能像年轻人那样太追究那种事。结果就变成了听之任之。我觉得她可能是跟那个男人一起去了哪里，如果她真的喜欢，其实也没关系。但我担心的是澄江完全被那个男人骗了，肯定不会有好结果。我怕她因为那个男人而遭遇不测，那就太可怜了，所以报了案。澄江原本在新宿后巷开酒吧，我本以为她看男人应该比较有眼光。"

小川圭造淡淡地说着这番话，透着一股饱经沧桑、阅历丰富的中年男人独有的体贴与温情。

"您见过那个叫宇津美浩三的年轻人吗？"桑木刑警问。

"没有，一次都没有。有个人向我提过，所以我知道他是个搞乐队的。"

"您是什么时候知道他的？"

"今年春天。"

"是吗？"

刑警突然把目光转向可以从客厅窗户向外看到的鱼塘。"请容我换个问题，那边那个鱼塘也是您造的吗？"

"是的……土地是亲戚便宜卖给我的，之前有很多房产商来找我，让我把那块地卖了。但我造了那个鱼塘之后，他们就不来了。他们都说我浪费了好好的一块地。"小川依旧带着稳重的微笑。

"您喜欢钓鱼吗？"

"算不上喜欢，只是为了堵住那些多嘴的人的嘴。等过阵子土地价格再涨一些，还是会卖掉的。"

刑警深感佩服，原来还可以用这种办法对付房产商。

桑木刑警对小川说，会尽力搜找川久保澄江，然后离开了小川家。

小川圭造似乎觉得拜托警察帮忙找情人是一件很害羞的事，不断地点头说"不好意思"。

就年龄而言，小川比桑木大十岁。这种年纪的男人一旦遭到年轻女人的甜蜜进攻，难免忘乎所以，乐在其中。就算明知道不应该，但就是断不了，这也许是即将迈入老龄的男人的一种宿命。他们还会有一种安心感，觉得所幸自己很有钱，不至于最后的岁月落得太凄惨。

桑木刑警回到警视厅，脑子里一直在想这两起失踪案。他觉得它们之间一定有联系。

仔细想来，小川的说法很不自然。桑木当时觉得很佩服，但现在回想起来，一般人会轻易放过背叛自己的女人吗？小川十年前丧妻，孩子也在今年春天去世了，现在家里只有女佣，过着独居的生活。如果有喜欢的女人，他肯定会全情投入。因为已经没有了妻子，所以他想做什么也不会有人反对。

桑木总觉得哪里不对劲。小川说的那番话可以单纯地归结为双方年纪差异大和有钱人的独特心理吗？

桑木刑警将两名失踪者的失踪日期进行了对比。川久保澄江的失踪日期是九月十日，这是报案人小川圭造写在调查申请表上的日期。宇津美浩三是九月十七日。宇津美所住的绿庄管理员说十六日是周日，所以他记得很清楚。桑木相信这种说法。

女人和男人的失踪日相隔了一周，似乎意味着两人并非说好了一起不见的。当然，也可能是女的先逃到某处，男的稍后过去和她会合。但根据管理员的证词，宇津美浩三离开公寓的时候穿着红色汗衫和灰色长裤，并没有携带任何行李，并非是去和女人会合的模样。

桑木刑警继续思考这相隔的一周的意味。

他想到另一种可能。女人失踪后，男人并非马上得知，而是三四天之后才发现。因为女人一直不去找他，也一直联系不上，男人这才意识到。所以一周后，宇津美浩三才确认川久保澄江失踪了。

如果这个推理成立，那么宇津美浩三之后会如何行动？他可能会以为是川久保澄江的主子小川圭造把她藏起来了，怀疑川久保澄江可能被关在小川的家里。于是，九月十七日上午十点半左右，宇津美浩三一脸不悦地从绿庄出了门，他可能会去找小川圭造当面对质。他一定以为是小川把川久保藏了起来。最近的很多年轻人都是一根筋，很难用常理去理解。

桑木心想：没错，这种逻辑才比较自然。

假设宇津美浩三在九月十七日来过小川圭造的家。

那么，附近一定应该有人目击到宇津美浩三。就算没人看到他进门，也应该有人在小川家附近看到过宇津美。而且他当天的衣着非常有特点：像女人穿的那种红色汗衫。如果有目击者，一定不会忘记这种令人印象深刻的颜色。

桑木秘密地在小川家附近展开调查。事实上，他还有另一件事也想暗中调查。但姑且搁置不管。

然而，小川家附近都是豪宅区，道路和房子之间都离得比较远，行人也很少。

这种情况对桑木刑警的预判产生了干扰。

桑木刑警以宇津美浩三九月十七日上午十点半离开绿庄为起点，计算了他到达小川圭造家所需的时间。而且桑木判断宇津美是直接过去的。这么一来，他到达小川家就应该是在十一点半到十二点之间。

他按照这样的时间段在周围调查打听后，没有找到任何线索。大家都说没朝路上看过。

因为那个时间不巧，上班的人大多不在家，而在家的人这个时候也都在打扫房间或者准备午饭。而且每户人家都有围墙，不可能一直看着路过的人。这就是豪宅聚集的住宅区的盲点。

然而，刑警的努力还是得到了回报。

在一栋距离小川家约一百米、相对来说较小的临街房子里的主妇给了桑木一条线索。

这名主妇说，九月十七日上午十一点半左右（她当时知道老家寄来的包裹会在这个时候送来，所以时不时地朝路上看邮递员有没有来），她看到路上有一个年轻人，高个子，人很瘦。因为家门距离道路比较远，她没看清年轻人长什么样。

这名三十出头的主妇抱着刚出生五个月的婴儿对桑木刑警讲述了这番过程。

桑木听得激动不已。

"那个男人穿着什么样的衣服？"

"好像是汗衫和长裤。"

刑警着急地问道："汗衫是什么颜色？"

"好像是灰色的。"

"是灰色的？您有没有记错？"

"让我再想想哦，"主妇想了想说，"没错，就是灰色的。"

"你确定不是红色吗？"

"红色？"主妇盯着桑木看，"怎么可能。不是红色，是灰色。绝对不会错。"

桑木很失望。

他觉得一定是主妇记错了，但红和灰实在差别很大。好不容易查到有穿着汗衫和长裤的年轻人出现，但因为汗衫的颜色不对，调查又折回原点。

"你真的确定吗？那个年轻人不是穿着红色汗衫？"桑木反复确认，但主妇依旧坚持自己的证词。

"不管你问几遍，红和灰我还是分得清楚的。"抱着婴儿的主妇露出一副生气的表情。

刑警见主妇如此自信，只能选择相信。调查工作因此在颜色上受到挫折，而且他也不觉得宇津美浩三会在外面穿着红色，里面穿灰色，到小川家附近后脱掉红的，只穿灰的。

——难道主妇是色盲？

如果是色盲，就有可能分不出红与灰。

桑木刑警刚刚还在泄气，这会儿又燃起了希望。他决定想办法确认主妇是否是色盲。但又不能当面问她，弄不好会惹怒对方。

桑木在口袋里掏来掏去，想找个火柴盒之类的东西，但偏偏掏出来的是包新生牌香烟。香烟的外包装是茶色，派不上用处，也没有火柴。

"你要火柴吗？"主妇见警察掏烟，主动问道。

"麻烦你了。"刑警期待主妇拿出红色外盒的火柴。主妇站起身走回房内，怀里的婴儿有些吵闹。

主妇回来的时候，拿来的火柴是白底黑色包装的寿司店的火柴。

桑木再度失望。

无奈他只能用这盒火柴点烟。主妇手里的婴儿开始哭闹得厉害起来。

"宝贝，乖，别哭了。"主妇晃动着和火柴一起拿过来的摇铃，哄小孩。

桑木刑警突然眼前一亮，因为那个塑料的摇铃就是

眼的气流

红色。

"宝宝好可爱啊,"桑木看着婴儿的脸说,"多大了?"

说到孩子的事,主妇笑着看着孩子说:"五个月零十天。"婴儿看到桑木的脸凑过来,似乎因为吃惊而瞪大了眼。

"哈哈哈,他看到我就不哭了嘛。"

"看到警察,连小孩也会闭嘴。"主妇开着玩笑。

"我可是日本第一温柔的刑警,所以他才会不哭。让叔叔抱抱,好吗?"

桑木从母亲手里接过婴儿,顺便把红色摇铃拿在了手里。

"小宝宝,好乖啊,快看,这个会响哦。"他在婴儿面前晃动着红色玩具。这时,婴儿突然哭了起来。

"哎呀,果然还是要妈妈。"桑木把婴儿还给主妇,摇铃却仍留在自己手里。

"小孩子都喜欢这种颜色的玩具吗?"桑木见主妇没什么防备,故意在她面前举起红色摇铃问道。

"是的,小孩子都喜欢红色玩具。"主妇不假思索地回答。桑木听完彻底投降。

这名主妇不是色盲,认得红色是红色,视力没问题。所以她说看到的年轻人身穿灰色上衣,那就没错了。

同一日期同一时间，走在这条路上的年轻人不可能只有宇津美浩三一个人，也许还有别的年轻人路过，那个人穿着灰色汗衫，这一点也不奇怪。最重要的是，这名主妇没看清那个年轻人的脸，也就无从确认她看到的是否就是宇津美浩三。而且现在的年轻人，除了红色，穿灰色的人也很多。

但这么一来，宇津美浩三于十七日到访小川圭造家的推理就完全站不住脚了。也没有其他目击证人。

桑木刑警离开主妇家，再一次来到鱼塘。

他的心情有些忧郁。刚才那个小测试充分证明了那名主妇不是色盲。但桑木还是觉得，宇津美浩三确实穿着红色汗衫于十一点半左右曾从那个主妇的家门口经过。

但主妇明确表示她看到的年轻人穿着灰色上衣，而且她不是色盲。这个矛盾没法解决。桑木始终认为她所目击到的年轻人就是宇津美浩三，不可能是别人。

闷闷不乐的桑木来到鱼塘。他还有另一个推理，那和这个鱼塘有关。

他站在正在垂钓的客人身旁，像参观一样，站了一会儿。这个位置相当于小川家的后门，从这里可以清楚地看到那栋两层楼的洋房。

桑木知道这个鱼塘是最近新建的，一看建筑物和设备的崭新程度就能知道。

他站了一会儿，看到一名提着水桶的年轻人朝自己走来。桑木心想这人应该就是管理员。没等年轻人走近，桑木主动上前问道："你好。"

年轻的管理员停下脚步说："你好。你在找钓鱼的位置吗？"管理员以为桑木是客人。

"不是，今天不是来钓鱼的。我听说这个鱼塘刚建成，所以过来看看。"

"是吗？欢迎欢迎。"管理员态度很友好。

桑木觉得因为是新开张的买卖，服务态度自然特别好。而且这个年轻人身上有一种质朴的气息。

"这儿是什么时候开张的？"他问道。

"一周前刚开业。施工蛮早就开始了。"

"这么说来你是小川先生雇的管理员？"

"是的，我自己也喜欢钓鱼，因为机缘巧合，所以被小川先生雇来这里做事。"

桑木从青年的说话语调中听出信州口音。

"你不是本地人吧？"

"嗯，我老家靠近木曾。来东京后开过一阵子出租车，最近刚转行。"

"很不错啊，能做自己喜欢的事是最好的。施工期间，你也一直都在这里吗？"

"是的。老爷——"管理员末永庄一对中年刑警桑木说，"老爷自己没这种兴趣爱好。在这里造鱼塘主要还是因为房产商太烦人，只是一种击退法。所以鱼塘的事，他全都交给我打理。"

"这个鱼塘有多深？"刑警看着一分为三的鱼塘问。

"大概两米左右。"

池水有些浑浊。水面上，鲤鱼和鲫鱼偶尔露出鱼背，时不时还会跃出水面。客人们有些在弄鱼饵，有些则昏昏欲睡地坐着。刑警注视着鱼塘，仿佛想要目测出鱼塘的深度。

"我是外行人，但想了解一下，这鱼塘的底部是什么样子？用水泥加固过吗？"

"不是。下面是土。"

"那么水不会减少吗？"

"水是用水泵从井里抽过来的，一直保持满水状态，基本上不会减少。"

"是吗？挖这个鱼塘的时候，你一直都看着吗？"

"当然，我是监工。"

"晚上呢？"

"晚上？晚上当然停工。"

"工人们晚上都回家吗？"

"是的。"

"你呢？"

"我晚上待在这里无事可做，也回自己的公寓。我住的公寓在洗足池①附近。"

"白天收工后，这里晚上一个人都没有吗？"

"是的。"

末永庄一觉得这个客人问的问题都挺奇怪，从钓鱼的事一路问到别的问题。

"开工日期具体是几号？"

"你到底是干吗的？"末永怀疑这个人是同行，看到有新开的鱼塘就过来闹事。

"抱歉。"中年男人说着，从外套内袋里掏出一个名片夹模样的东西，其实是他的警官证。

末永吃了一惊，然后不由得低下了头。因为开了很久的出租车，所以看到警察会习惯性地发怵。

"我就是干这个的。还有些事情想问你，"中年刑警笑着比刚才更直接地问道，"你还记得吗？准确的开工日期？"

---

① 位于东京都大田区的一处地名。

"请允许我想一想，"回答者的口吻变得恭敬起来，"我记得开挖是在九月初，好像是五号或是六号。"

"这么说来九月十七日的时候，这里已经挖了很多？"九月十七日是宇津美浩三离开公寓失踪的那天。

"是的，完全竣工是十九日，二十日开始放水。"

"负责施工的是哪方？"

"大森的梅本组。我有他们的地址。"因为知道了对方是刑警，所以末永非常配合。

"谢谢。"桑木谢过管理员，合上了记事簿。"出了什么事？"

"没什么，只是为了作为参考。你不用担心。"

刑警朝看起来很善良的管理员笑了笑，然后离开了鱼塘。

就在这时，刑警突然朝小川圭造的家看了一眼，发现二楼的窗户有些敞开，一个男人正站在窗边朝下方看过来。不用说，那个人就是这家的主人小川圭造。在桑木看来，小川的表情看上去有些寂寞，有些悲伤，有些难以名状。

桑木疲惫地回到警视厅。虽然已是十月，但在外面走一圈，还是热得浑身冒汗。

他仍在意那名主妇的证词。为什么不是红色而是灰色汗衫？主妇看到的到底是不是宇津美浩三？

因为太远而看不清脸。但她的证词中提到那个年轻人个子很高、很瘦，而且就时间而言，那只可能是宇津美浩三。

桑木前往警视厅调查科，翻出百科词典，查找"色盲"词条。"该遗传因子存在于 X 染色体中。女性的 X 染色体有两条，只要不是两条 X 染色体同时拥有该遗传因子，就不会表现出色盲症状。仅一条 X 染色体上存在该遗传因子，不会引起色觉障碍。但男性只有一条 X 染色体，只要存在该遗传因子就必定会引起色觉障碍。因此女性较少色盲，即使拥有该遗传因子，也可能表现为健康色觉。相反，男性拥有该遗传因子时，必为色盲。"

看完词条，桑木依然一头雾水。

但他大概了解到，女色盲比男色盲少得多，而色盲是一种劣性遗传。

桑木重新思考那名主妇的证词。根据百科词典的解释，色盲主要见于男性，主妇的情况并不能用这些来解释。更何况她根本不是色盲，因为桑木做过测试，那个红色摇铃玩具就是最好的证明。

但桑木依然放不下这个疑点。灰色与红色，红色与灰色——因为主妇的证词出现了这种颜色的倒错，桑木觉得必须追究下去。

刚才词典上说色盲是先天性的。但桑木想到：难道色盲只有天生的吗？

他赶忙找眼科医生求证。

"色盲不一定都是先天的。"桑木熟悉的一位眼科医生回答说。警视厅经常找这位医生咨询专业意见，所以彼此很熟悉。

"有时候会因为身体障碍导致暂时性色盲。"

"怎样的身体障碍？"

"比如原田氏病（VKH综合征）。病因很难查明，有的说是因为结核引起的过敏，有的说是病毒引起的。患上这种病之后，毛发、皮肤、内耳、脑膜等有色素的部分都会受到感染，会全身发病。完整的叫法是'急性弥漫性脉络膜炎'。罹患这种病会出现脉络膜肿大、严重浑浊、视网膜脱落、视力明显下降等病症。"

"得这种病会有什么自觉症状吗？"

"当然有。"

桑木想到那个主妇，觉得好像她应该没得这种病。但他还是对医生说了主妇的情况。

"她没说有什么不舒服吗？"

"没有，看上去也很健康，抱着的婴儿也肥嘟嘟的，看起来很健康。”

“你说有婴儿？”

“是的。”

医生想了想，问：“什么时候出生的？”

“她说小孩五个月零十天。”

医生默默地站起身，找来一本书，翻开其中一页，拿给桑木看。

轴性视神经炎（Neuritis optica axiali）又名轴性视束炎、球后视神经炎（Neuritis optica retrobulbaris）。视神经内的乳头黄斑纤维的疾患，多为慢性。

症状：视力减退、有球拍状或哑铃状中心暗点、羞明（怕见亮光）、光视症等。眼底常常无显著病变（偶见乳头充血），可通过无红光检查发现从中心窝到乳头出现各种反射。周边视野、马里奥特氏盲点一般表现为正常。

病因：缺乏维生素 B1 为最主要原因。其他有脚气引起的弱视、哺乳引起的弱视、烟酒中毒、多发性硬化症、副鼻腔炎等。

桑木刑警从这本医学书上抬起头来。

"医生！"他激动地说，"这种轴性什么的病，会引起灰红色盲吗？"

"会，"眼科医生点点头，"估计那个主妇是刚生产，严重缺乏维生素——就像书上写的——维生素B1，所以得了轴性视神经炎。大部分患者都不会有感觉。之后营养跟上了，就会自然治愈。那位主妇肯定想都没想过自己得过暂时性色盲。如果她打算穿红袜子，结果看到的却是灰袜子，也许就会意识到。但估计她一直都没机会发现。"

"治愈后会是什么状态？"

"只要补足维生素B1，很快就会恢复。以下是我个人的判断：主妇见到青年是九月十七日。在你去找她那天的一个月前。估计当时正是那个主妇轴性视神经炎最严重的时候，所以会把青年的红色上衣看成是灰色的。她对你说的是她以为的实话。"

"医生，太谢谢你了。"

桑木刑警向医生深深鞠躬。

桑木刑警向上司请示，挖掘小川圭造的鱼塘。

九月十七日上午十点半，宇津美浩三从绿庄公寓出门。一周前，他的情人川久保澄江失联，宇津美认为一定是小川圭造把她软禁起来，或是为了让她和自己分手而故意把她送到别处，为此，他前往小川家进行质问。这时的宇津美浩三穿着红色汗衫，而小川家附近的主妇曾目击到他。但是，主妇因为刚刚生完孩子，由于哺乳及其他原因，严重缺乏维生素B1，导致她患暂时性色盲，将宇津美的红色汗衫错看成灰色。这一点稍后可以证明。

宇津美浩三来到小川家，估计对小川吼，让他交出女人。我的推测是，小川已经料到宇津美会去找他，早就作好了杀他的准备。至于用了什么方法，得问小川。我猜他一周前已经在自家杀死川久保澄江，然后藏尸于家中，并以此为诱饵，让宇津美浩三以为自己的情人被抢，引他也来到自家，然后把他一并杀害。犯罪时间应该就是宇津美去小川家的九月十七日。

而且，小川圭造九月初开始在自家边上建造一个九百坪的鱼塘。我问过小川圭造，他对钓鱼并没多大的兴趣。据他说，造鱼塘是为了赶走那些上门劝他卖地的房产商。以下推理即可证明他说的绝对是谎话。

小川圭造雇用的鱼塘管理员末永庄一原本是

开出租车的，据他反映，九月十七日时，鱼塘的施工已经基本完成，负责该项施工的大森梅本组的负责人对我说的和末永说的基本一致。以下是我的推理——小川当时来到已经基本完工的两三米深的鱼塘池底，继续深挖，并把川久保澄江与宇津美浩三的尸体埋入其中——也可能不是把两人埋在一起，而是分别埋在一分为三的鱼塘中的两个。总之，因为当时鱼塘已经接近完工，只要在已经挖好的池底继续深挖，放入尸体后再盖上土，第二天来开工的工人就不会发现有异常。换言之，之后的施工内容只是把池底的土整平再加入水就算完工。

关于小川圭造的犯罪动机，其实不用推理。他爱的川久保澄江包养了搞乐队的小白脸宇津美浩三，而且小川的钱全都进了宇津美的口袋，知道真相后，他当然会非常生气。然而，他是一位五十二岁的绅士。比起撕破脸大闹一场，一定觉得杀死川久保澄江和宇津美浩三才是最好的解决办法。关于尸体的处理，就是上述的方法。挖坑造鱼塘，在里面灌满水，放鱼进去，再让客人来垂钓，这真的是非常巧妙的伪装。

工地现场的工人与管理员末永庄一晚上都不会

留在工地。

所以小川可以在晚上神不知鬼不觉地把藏在家里的尸体搬出来，埋进鱼塘池底。

综上所述，我认为有必要对小川圭造的鱼塘进行挖掘。我相信两具尸体一定会在池底出现。虽然现在没有任何物证，但只要开挖，就一定会发现尸体，解决这个案子。

秋日里风平浪静的一天，警视厅对小川圭造的鱼塘进行了挖掘。

这一天，鱼塘停止营业，抽干了鱼塘的池水，搜查人员来到池底，用铁锹进行挖掘。

小川圭造看到搜查令后，一言不发地躲在屋子里。

桑木刑警屏息凝视着整个挖掘过程。他自己也曾挥锹挖掘。警方还临时征用了很多劳力一起挖掘。一米、两米、一直向下挖了三米深。

没有出现尸体。

桑木有些着急。他觉得不应该是这个结果，尸体应该就在池底。穿着红色汗衫的宇津美浩三和肉感的三十二岁川久保澄江浑身是泥的尸体应该就在池底。

桑木双眼充血，激励挖掘人员继续开挖。他自己也抡起铲子不停地挖。

依然没有出现尸体。

从早挖到傍晚，深度已经到达四米。

事实证明，鱼塘的池底没有尸体。很难想象小川能有本事挖到比这更深处。为了以防万一，挖掘人员又向下挖了一米。但结果，一分为三的鱼塘里连人的指甲都没找到。

桑木彻底败北。

他呆呆地站在原地。之前，上司勉为其难地同意了他的开挖申请。因为没有物证，大部分领导都反对开挖。但在桑木的坚持下，才有了今天的挖掘行动。

桑木觉得很难堪，朝周围看了一眼，大部分挖掘人员都已经停止挖掘，开始朝鱼塘外爬上来。被挖出来的土可怜兮兮地被堆在一边，都是红土。桑木自己也浑身是泥。

这场无果的挖掘行为势必涉及鱼塘的赔偿问题。池子里的鱼虽然暂时被转移到水槽里，但若要鱼塘恢复原状，肯定要赔偿。这些都无所谓。对桑木而言，警视厅的面子全被他丢光了。一想到这项重大的责任，桑木就觉得眼前发黑。

一同到场的上司和同事们也都一言不发。大家都觉得他可怜。虽然大家什么都没说，但桑木还是觉得大家都会怪他。

他缩着肩膀来到有水的地方冲洗手脚。

从早上开始向下挖了大概五米深，挖出来的土已经堆成小山。桑木看着土堆，感到非常压抑。他现在看什么都觉得很刺眼。年轻的管理员在他身后，双手抱臂瞪着他。

桑木洗完手脚。水很冷，冲下来的泥水带着土的红色，在他的脚边流淌。

他朝身后看去，盯住被挖出来的土堆，凝视了片刻。

桑木刑警走访完大森的梅本组后坐上了出租车。他很少打车，但今天坐电车去会太绕路。

他在世田谷后方下了车。这是梅本组告诉他的地方，是丘陵与丘陵之间的低谷。武藏野的高地上上下下，连绵起伏。桑木站在一个相对较低的洼地。因为这里之前是湿地，很多新开发的住宅区都特地避开了这里。

但现在，这里已经有了形似低地建筑的十几栋小房子，显然是房产商新开发的楼盘。尚处于刚开始建造的阶段，木造的屋顶刚刚架上瓦片。

屋子建在五百坪的红色土地上。土的颜色看起来很新，是最近才从别处被运来的土，用来给这里的房子打地基用。

（小川圭造建鱼塘时挖出来的土被送到世田谷××町了。那里都是低地。我记得分了三天才运完。当然，他家的那些土肯定不够，还从别的地方运了土过去打地基。每天工作到傍晚六点就收工……）

梅本组负责人的声音似乎仍在桑木耳边响着。

桑木看着那些正在建造的屋子下方的红土。

小川圭造有私家车，因为他家有车库。

他一定是在夜里把尸体装进自驾车，然后开到了这里。当时那些土还没有被压平。深夜，他肯定一个人在这里挖过土。

这里附近非常偏僻、寂静，周围还有杂木林。到了晚上漆黑一片，肯定更加寂静。他在这里挖土埋尸一定不会有人注意。他把尸体埋进土里，再把土盖在上面，恢复成原样。

第二天，陆续有更多的土被运到这里，堆在他埋尸体的土之上。之后会有压土机把地面整平。因为上面的土层很厚，所以尸体被压到很下面。

眼的气流

这种体力活，那个老男人一个人做得了吗？尸体有两具，而且都是年轻男女。考虑到尸体的重量和挖土量，小川那把年纪的男人肯定做不了。

所以他一定有共犯。会是谁？桑木刑警的脑海中浮现出那个年轻的鱼塘管理员，他说他来自木曾，曾经是开出租车的⋯⋯

桑木看着红土之上火柴盒似的房子。不久之后，这些屋子的墙壁就会被粉刷，家具、电器等都会被置入，然后工薪族们将在里面开始幸福平和的生活。

桑木踩着这些土。

太阳落山，染红了西边的天空，是通红的红色。

那是婴儿的母亲拿着的玩具的红色，是现在天空的红色，是宇津美浩三穿的那件汗衫的红色，也是现在云朵的红色——

杂木林变成一团黑影，无数小鸟在上面成群飞过，遥远的街道亮着点点灯光。

桑木突然停下脚步。他看到就在离他有一段距离的地方，站着一个身穿居家服的男人，一个驼背的中老年男人。他和桑木刑警对视了一下。小川圭造的表情有些寂寞，又有些悲伤。

那表情与桑木造访鱼塘的那天小川从二楼看下来时

的表情一模一样。小川的身影在黑色树林的背景下，显得更加孤独与哀伤。

　　黄昏的空气正在流动，小川的身影也在微微颤抖。

　　桑木觉得，小川圭造的那个身影正是告白前的姿势。

暗　线

1

三浦健庸先生：

前几天突然登门打扰，真是失礼了。我们素未谋面，我却拿着报社"文化部副部长"的名片，在没有任何人介绍的情况下冒昧造访，实在因为别无他法。我说，想向作为大学教授同时也是文化遗产保护委员的您请教古代染色的专业知识，但其实那只是作为能见您的借口。我想与您见面的真正目的，是想和您聊聊关于您祖父三浦健亮博士的《古代刀剑研究》。

您也许会气我为什么不一开始就说明实情，但我是有理由的（我对古代刀剑了解得不多）。我不敢正面向您请教。

您当时非常亲切地与初次见面的我（作为报纸记者的我）聊了一个小时。在以"古代裂"纹样装饰的会客间，我感受到一股温暖的气氛。特别是墙壁上挂着的您祖父健亮教授的肖像画（作为帝国大学教授的文官穿着

暗
线

大礼服的模样），看起来应该是他四十五六岁的时候吧。
我们聊天的时候，我的视线一直被那幅肖像画深深吸引。

回去的时候，刚巧遇到从外面回来的您的太太和您的长子。你们一家送我到门口，并看着我上车离开，这种礼遇真的让我觉得受之有愧。我被您一家幸福祥和的气氛所感染，车子开动后过了很久，我都还沉浸在那种温暖的感觉之中。同时，心头还有一种感慨久久萦绕。

要说那是一种怎样的感慨，我觉得您一定猜不到。我犹豫了很久到底该不该告诉您。结果，我决定写信给您。但就在写这封信的时候，我觉得说不定写到一半就会写不下去；就算写完，也许也不会寄到您手上。这封信一半是写给我自己的。为了记录我自己的精神轨迹——从这个意义上来说，这封信也许就不该寄给您。不过，请允许我姑且把您当作寄信对象继续写下去。

岛根县能义郡布部村——这是我父亲黑井利一的故乡。说到布部村的安积家，以前代代为富农，战后有所没落，现在依然作为这里最古老的大户而广为人知。我的父亲利一，于明治二十八年①生于安积家。

八岁的时候，他离开故乡，之后就再也没回过位于

---

① 即 1895 年。

岛根县的出生地。其实，父亲另有一个故乡。那是同县的仁多郡屋神村。这是我父亲的母亲，对我来说就是祖母国子的婆家。按理说，祖母应该在须地家生下父亲的。

父亲不姓须地，也不姓安积，而姓黑井。父亲还是婴儿的时候，就被黑井家收为养子。黑井家位于能义郡的广濑町。因此，给予父亲生命的是须地家，第一次呼吸到这个世界的空气是在安积家，而长大则是在黑井家。关系稍稍有些复杂吧？具体来说，我的祖母国子在须地家怀上了我父亲，回到娘家安积家生下他，然后立刻把他送给了广濑的黑井家做养子。父亲利一是作为须地家的长子被送走的。

父亲到死都没有回过岛根县的故乡。我不知道他到底是怎么想的。收养父亲的黑井家在父亲八岁的时候搬到了位于四国的宇和岛，父亲这一生几乎都是在宇和岛上度过的。虽然父亲没有被幸运眷顾，因为贫穷，他连回岛根县的旅费都凑不出来。但活到六十八岁的父亲，如果真的想回去，应该能想到办法吧？

难道是父亲不想回故乡吗？

绝非如此。父亲曾对年幼的我说过故乡出云的故事，我到现在都还记得。在被褥中，我和父亲依偎在一起时，他会兴致勃勃地对我说起出云的古老传说、故乡的景色等。那是父亲幼时的记忆，有些已经比较模糊，但说起那些事的时候，父亲的神情总是充满眷恋，眼眶中有时候还会噙着泪。

然而，不知为何，父亲不太提起故乡的人。一般而言，人总会提到自己的家人，但父亲不是。父亲的亲生父亲是须地绫造，国子的丈夫。养父叫黑井治作。祖母国子生下父亲后，还生过另外一男一女。父亲从未见过自己的弟弟和妹妹，他曾对我含糊地提过他们，但关于其他家人，父亲始终闭口不谈。

据说须地家在岛根县的内陆拥有采掘铁砂矿的工厂。父亲说当时须地家的生意做得很大，这与父亲出生的明治二十八年也有关系，当时因为战争，国家需要大量的铁，用来制造武器，而当时很少从国外进口，所以须地家的铁砂矿生意可谓盛况空前。父亲年幼的记忆全都来自当时的见闻。

现在，须地家已经不在屋神村了，因为在父亲之后出生的男孩（父亲的弟弟）成了一家之主之后，整日挥霍享乐，沉迷女色，最终散尽了家财，逃离了故乡。听到消息后的父亲曾忍不住说过一句："要是由我继承家业的话……"

"你爸就是命中无富贵，明明出生在那么有钱的人家，却被送去穷人家当养子，真的是命不好。你看看，你爸的耳垂那么小。"我母亲经常这么说。事实上，和父亲那张肥嘟嘟的脸非常不相称的耳朵，确实就像萎缩了似的，一副穷酸相。

即使来到四国，父亲也是做什么赔什么，换过十几份工作。家里勉强供我读完中学后，我是靠地方慈善家的资助，才读完京都大学的。

就算父亲利一继承了须地家，我觉得他能不能经营好矿山也是一个问题。看他后来一路的经商失败，我觉得他肯定不行。更何况后来国家开始从国外进口钢铁，所以采矿之类的早已沦为无人问津的行业。

不过话说这里的铁砂矿，自古以来就以质量高而闻名。在"素戈鸣尊消灭八岐大蛇"的传说中，大蛇的尾巴会放出利剑，这是出云地区作为铁砂矿产地的一个象征。古时候，这里还出产名剑——"草薙剑"。父亲对本家须地家非常引以为豪。然而，他自豪的只是须地家的"家"，而不是"家人"。我觉得父亲始终不回故乡的原因就在于他不为人知的出生秘密，但我从没正面问过他。

我父亲到八岁为止，一直和我祖母的娘家有来往，所以在能义郡布部村生活的日子他都记得很清楚。那片土地上，现在还有安积家的后人，但父亲与他们完全没有往来。

总之，我有很多不明白的事。然而，一看到父亲的脸，我就没法开口问他。最终，还没等我知道他的秘密，就失去了他。

2

父亲死后，我好几次都想过要去出云旅行，但一直都没有成行。我的心中常常会涌起这样的思绪：还是不要踏上那片土地更好，还是远远地眺望群山的一角更好，那样才能更贴近我父亲的心。

去年晚秋，我正好因为报社的工作而有了出差去米子分社的机会，于是，我终于踏上了那片在我心中算是某种禁忌的土地。

我刚才用了"禁忌"这个词。其实平时的我一直都想去，而且愿望很强烈，因为我想亲眼去看看儿时听父亲讲过的那些山山水水。但我又很害怕会在那里触碰到父亲黯然的命运，所以一直在心中将其当作是一种禁忌，不断压抑。

我在米子办完事，原本打算立刻回京，但一听说从米子到广濑，无论是坐火车还是坐汽车都只要三四十分钟，我就经不住诱惑，改变了行程，而且我知道从广濑到布部村真的很近。

我打电话给报社请了两天假，在米子住一晚，第二天一早立刻坐车前往广濑町。请您想象一下我那时候的心情。长年被压抑着的那颗心，即将得到解放。

我坐车在广濑转了一圈，发现那是个小小的、依旧保留着远古风貌的城下町。无论是多么偏僻的小镇，一想到父亲曾经在这里住过，我就有无限感慨。

三十分钟后，我看到了布部村的入口。一把年纪的我这么说其实很害羞，但当时的我真的就像少年一样欢欣雀跃。

因为是晚秋，山野尽枯，只有杉树林变成了泛黑的茶色。山脊线从两旁相交相叠，中间凹陷的地方有一条白色的长路，沿着这条路可以看到稀稀落落的人家。一旁还有河流，正是父亲说他小时候常在里面游泳的河流。我甚至觉得现在里面流淌着的正是父亲少年时代嬉戏过的同一道河水。

村子里有一间特殊地区邮局。我下车后向邮局的工作人员打听，他们告诉我，安积家有个叫安积谦吉的老人，岁数最大，现在也很健康。他们还说，那个人并非安积家的继承人，只能算是姓安积。安积家的本家早已没落，人也不知道去了哪里，已经完全断了消息。换言之，父亲的母亲，也就是我的祖母国子的娘家，现在已经消亡。

安积谦吉，六十九岁，比父亲大一岁，我觉得他可以算是父亲的表兄。我直接去了邮局工作人员告诉我的地址。

安积家建在山坡上，在同一个村子里，算是最大的一户。我沿着街道登上坡面，走访了安积谦吉的家。

如果详细展开，恐怕这封信会很长，所以请允许我简单概括一下。我见到安积谦吉后，确认他就是我父亲的表兄。祖母国子的弟弟就是谦吉的父亲。

我看着坐在屋里像木雕一样的谦吉的脸，想要从他脸上找寻父亲的影子，但结果完全没有。我猜虽然是表兄，但谦吉似乎是其母亲那边的遗传更强大。

一开始，老人听说我是利一的儿子，就像看到幽灵似的大惊失色。原来这个村子的亲戚们完全不知道我父亲利一的事，大家只知道从前有过那么一个孩子。

我问了谦吉很多事，老人为我唤醒了遥远的记忆，一点一点向我诉说起他眼中的我父亲。

"利一那孩子来自广濑町，常在这里玩，但不知从什么时候起就不来了。"

那时，我父亲才五六岁，距离现在已经六十多年了。很遗憾，我只知道这些。我试图从谦吉口中打听更多，但老人的记忆仅此而已，但后面他说的那句话非常重要。

"利一母亲从这里布部村的安积家嫁到了屋神村的须地家，但在怀着利一的时候，曾一度被须地休妻。回到布部的娘家后，生下了利一。之后没过多久，利一就被送去了广濑。这里离广濑也很近，就像我刚才说的，他小时候经常回这里玩……"

我从这个老人口中第一次知道须地绫造曾经休妻，之前我一直以为国子是为了生孩子才暂时回娘家的。

休妻。听到这个词的时候，我非常震惊，并立刻将其与我父亲被送到别家当养子的事实联系在一起，而且，之后国子又回到了须地家——

关于这期间的事，老人也不知道，他当时也只有七八岁而已。父亲常从广濑回这里玩，但不知从什么时候起就不来了——

我难过地听着这些叙述。对此，我想到了两种解释：一是父亲年幼的心里猜到了自己不为人知的出生秘密，于是渐渐地不想再回布部村；二是因为当时正好是黑井家移居四国的时候。

如果理由是前者，那么父亲儿时的内心一定非常痛苦；即使是后者，因为自那以后就只能与故乡诀别，依然非常可怜。

我问谦吉老人，安积家与须地家之间是否常有来往。老人说没有。这也让我觉得很奇怪。国子从安积家嫁到须地家，两家作为亲家应该常往来才合乎常理，但老人的话让我想象当时两家之间的冷淡。

在谦吉老人的带领下，我去看了祖母娘家的遗址。现在，那块土地上已经盖起了与安积家毫无关系的别家的小楼。

从那里眺望到的布部村的风景，与父亲儿时的所见完全没差别，我不由得将儿时枕边听来的风景和眼前所见相比较。

父亲爬过的山依然耸立，父亲抓过青鳞鱼的小河依然在流淌。还有父亲一个人去过的神社、夹在山峡之间的小路应该也都在。

路上有慢吞吞地背着柴走路的农妇，天上有看起来冷飕飕的云朵相交相叠。

我向老人道谢后离开了安积家。老人和他妻子一起送我上了车，说实话，他和我之间没有任何连结感。从血缘上来说，老人算是我的伯父，但我对他一点都没有亲戚的感觉。对于这里，我既没有怀念，也没有喜悦，有的只是我自己迈步来到父亲梦中风景时的感动。

我本想直接去仁多郡的屋神村，但司机说前面只有险峻的山间小路，车子没法过去，于是只能折返。

"以前有人力车，可以通到中尾温泉。"

"中尾温泉在哪里？"

"向西翻过那座山就是。从那里沿着斐伊川走三里路就能到屋神村。现在人力车换成汽车，反而不方便了。"司机笑着说。

由此可见，国子是坐着人力车翻山往来于布部于屋神之间的。我的眼前仿佛看到了坐在明治时代古老的人力车里、梳着已婚女子椭圆形发髻的年轻祖母因颠簸而摇晃的身姿。司机指给我看山顶，我看到厚厚的云层覆盖在山岭之上。

没办法，我决定暂时回米子，不过途中我在广濑町下了车。这里是我父亲被当作养子送去的黑井家所在地。我当然不知道黑井家在哪里，只是凭感觉，走走看看，其实也没什么确凿的证据。这里的后巷只有穷酸相的房子和农户，一边是竹林与田地，田地后面是低矮的群山，还有被云遮住山顶的大山。

暗线

说到大山，父亲以前常对我说："伯耆的大山比富士山还美。高度虽然不及富士山，但若是从因幡、伯耆和出云这三个方向看过去，就特别雄伟。"

现在，看着这山，我仿佛听到了父亲的声音。

3

我从米子乘坐山阴线来到了宍道，从这里到其腹地可以乘坐木次线。众所周知，这条线进入广岛县后，会在备后落合与艺备线相连。

离开宍道又坐了三个小时的火车后，我来到一个名叫出云八代的车站。从这里坐一个小时大巴，可以到达屋神村所在的山地。

一路上与路相伴的河流名叫斐伊川，村子里也有这条河的支流。

这条河的流域出产铁砂矿，现在从火车窗口看过去，依然能看到为采矿而炸开的山体，红色断崖显出一片荒凉。听米子的报社分社的人说，以前这里有很多制铁工厂。一想到其中一家可能就是须地家的，我的眼睛便不由得盯着茶色的山崖久久凝望。

这里还是牛的产地，一路上可以看到很多装着牛的货车。斐伊川的水蚀让这一带形成了高原和山麓盆地，很适合牧牛。

当年的铁砂矿工厂留存至今的只有Y制钢所一家，据说现在每年只生产极少量的生铁。

我来这里之前，事先从米子给这里的村公所发过电报，说想了解铁砂矿的历史，希望他们帮忙找两三个熟悉情况的人配合我作一下调查。虽然没来得及等到回复，但我觉得地方上的人应该都很亲切，而且我又打着报社的名号，所以觉得他们应该会配合。

八代的车站一共只有两辆出租车，我租下其中的一辆。司机告诉我屋神的中心地到了，我就下了车。发现只有三十户左右的人家在路两边稀稀落落地排列开，其中有的像是杂货铺，有的像是邮局。总之，比我想象的还要贫乏。

"以前有很多大阪商人会来这里买铁，当时还特地为他们建造了旅馆。但现在你也看到了，跟废村没啥两样。"司机说。

"这里附近有没有一家叫须地的制铁厂？"我问司机。

年轻的司机当然回答不知道。然后我问他这附近最有名的是哪里，他回答我说是邮局。在乡下，特殊地区邮局的局长就是最了不起的文化人。

暗 哑

我朝邮局里瞅了一眼，工作人员说局长刚去了村公所。在这间邮局，寄信、兑换、汇款、储蓄、保险……全都是一个人在做。

　　我猜想，邮局局长去村公所也许就是为了我之前发电报的事，于是马上坐车赶往村公所。

　　路的一边，是一条非常深邃的河流，对面则是一座高地。虽说是高地，其实也就只能看到山的两三段斜面，地质学上称之为梨棚式段丘。除了这些，其他陡峭的斜面全都是秃秃的红土。

　　我来到村公所，后面也是红色的断崖。这里还有餐饮店、肉铺等小卖店，一共三十多户人家，比之前看到的地方要热闹不少。

　　我向村公所的人递上名片，等待我的人把我带去一旁的学校，领我进了一间像是校长室的房间。我和里面坐着的三个人交换了名片，其中一人是特殊地区邮局的局长，一人是已经退了休的前任村长，另一人则是这所学校的第二代校长。前任村长和第二代校长已经年近七十，邮局局长看上去五十四五岁的模样。

　　我说想把这次调查的内容写成报道（这只是借口），先向为我而来的、可以称得上乡土史学家的三位表示感谢。交谈中，我既是司仪，又是听众。三位被我捧成乡土史学家之后，就把这个地方从古代到现代的历史非常详尽地向我介绍起来。

其中，话题的中心就是古代的出云。因为出土过很多古代铁器，所以他们说得很起劲，但我想知道的是关于明治时期制铁工厂的事。

他们讲了很久，终于说到明治时期，谈起了我想知道的关于明治二十七八年的事情。

"那时候有五六家制铁工厂，最大的就是须地家的吧？"

"没错，须地家的生意做得最大，不过破产得也很快。"（笑）

"因为继承人不行啊，把家产全都败光了。再加上当时制铁业不景气，双重因素吧。"

我问他们明治二十七八年时的一家之主叫什么。

"须地绫造，很有本事。须地的制铁工厂当时最大，矿山上全是他们家给劳工住的工棚。"

"绫造的老婆是个大美人。"

"没错，我也记得，好像是从能义郡的布部嫁过来的吧。"

"绫造的老婆年轻的时候是不是被他休过一次啊？"

"是的。我也听死去的父亲说起过，大家都不懂绫造干吗要休了那么漂亮的老婆。"

"听说那时候他老婆回娘家生了个孩子。"

"我父亲也提过,之后绫造又把他老婆接回去了。但没人知道究竟是怎么一回事。"

这是老人们说的话。您可以想象一下我听到这里时的心情。我兴奋得甚至有些忘乎所以。

终于,这些人开始讲述关于我父亲利一的事,而且话题的中心集中在我的祖母国子身上。

"绫造的老婆回布部生下的孩子后来怎么样了?好像没带回须地家吧?"

"是啊,而且后来继承家业的也不是那个孩子。"

"据说是布部那家一定要留下那个孩子,所以绫造老婆没办法,就把孩子留在布部了。"

"须地家第二个出生的男孩成了继承人,而留在布部家的孩子则在那个家里长大。"

"听说那孩子后来跟着安积的亲戚去了东京,就一直住那里了。从此完全没了消息,好像也没回过村子。"

听到这里,我才发现,原来这里的人都不知道布部的安积家把父亲送给广濑的黑井家做养子的事,而说父亲"去了东京的亲戚家"。真是厉害的瞒天过海。

听他们说完这些,我还是不知道祖母国子为什么会一度被须地绫造休妻。这些老人似乎也不知道真相。只是一个劲儿地说他们也觉得不可思议。

我觉得这趟来父亲的故乡是来对了。来到这里，才第一次知道了父亲不为人知的身世以及祖母曾被休妻的事实。换言之，父亲黯然的人生就是从那时开始的。

"话说当年战争时期，须地家赚了一大笔钱。那时候很多军人都会来这里的矿山。"

"是啊，我父亲也说过，所以当时这里的制铁生意真的非常兴隆。"

"用现在的话来说就是'制铁热'。"

"但那股热潮很快就随着战争的结束而消失，国家开始越来越多地购买质优价廉的国外钢材，于是这里就荒废了。之前那么威风的须地家，也跟着一落千丈。"

"但这里的铁砂矿依旧闻名全国。"

"那是，这里的铁砂矿最有名了，很多学者都来作调查。"

"是啊，有来自京都的，还有东京的。东京那个很了不起的博士，年轻的时候就一直在这里搞调查。"

"您说的是三浦健亮吧？好像是铁和刀剑的工学博士。"

三浦健亮。

在那之前，我完全不知道这个名字。我知道他是名人，但不了解他的详细情况。三浦健亮博士是明治末到大正时期矿山学和刀剑方面的权威。但若问我三浦博士到底有着怎样的功绩，我终究只是个门外汉。很惭愧，我一无所知。对于他，我只是像知道一个常识一样，只知道他的名字而已。

4

我第一次听说，三浦博士年轻的时候经常去屋神的铁矿砂工厂。

我问几位老人，那是从什么时候开始的。

"好像是明治二十五六年的时候吧。你知道吗？"

"我也不清楚。只记得战争结束之后，只有三浦还常来。"

"来了四五年吧。不过就凭这四五年，他居然就成了研究铁砂矿的专家博士。"

"不只是这里的铁矿山，他好像还跑去深山里的矿山。"

"我听说邮局前任局长写地方报告的时候，给他写过很多信，想询问他当年的情况，但博士一封都没回。"

"对。我也听说过这事儿。"

"学者们都是这样吧，谁爱搭理我们？最多也就是去位于米子的Y制钢所铁砂矿博物馆参观一下而已。"

老人们继续说着别的话题，但对我来说，只有这一点才是关键，后面他们聊的都和我无关。要写进这封信的，也只有这个重要部分。

根据上述事实，我了解到您的祖父三浦健亮博士于明治二十五六年到战争时的明治二十七八年期间，来到屋神调查铁砂矿。根据老人们的回忆，当时三浦博士常住在须地家。因为须地家拥有当时最大的矿山，而且家宅最大。

国子生下利一，是在明治二十八年。我看过父亲的户籍，具体日期是明治二十八年二月二十日。如果这份记录是真实的，那么国子怀上利一的时间就是前一年的四月左右。

这里一到冬天就会封山，十二月中旬已经开始下雪。而且积雪会很深，三月末才会融化。这是一个重点。

为什么说这是重点呢？请您耐心容我解释一下。

结束了这次的旅行回到东京后，我开始寻找您祖父三浦健亮博士的著作。

我尽可能地收集您祖父那些原本与我无缘的矿山

暗
线

学，特别是其中有关铁矿的著作。然而，让我失望的，同时也理所当然的是，这些书里只有关于学问的内容，一点都没有我想要参考的信息。

我还收集博士关于"刀剑"的著作。说是收集，其实数量很少，一共就三本。但这里面也没有我要找的信息。

我到底在找什么？我想知道博士的文章里会不会出现岛根县的须地家，如果出现，又会如何描述。我真的很想知道。博士的著作里并非完全没有提及，比如我看到过这样的记述——在岛根县仁多郡斐伊川流域，自古以来就是著名的铁矿砂产地。现在，以同郡的屋神村为中心，有众多生铁工厂，但因为仍沿用传统的制铁方法，因此所有工厂的年产量不到八十吨。

看到这些文字的时候，我想象着博士在纸上写下"屋神村"时，内心有着如何的感慨。

在健亮博士的那些著作中，卷首都印有他的照片，估计是他四十七八岁到五十岁之间拍摄的。头发已经变少，眼皮已经下垂。照片上的他，眼睛很大，眉毛很淡；鼻梁很挺，嘴唇偏厚，鼻翼有很深的皱纹。整体感觉有些胖，但他年轻的时候可能很瘦。

为什么我要想象三浦健亮工学博士年轻时候的面容

呢？他照片上那张中老年的脸，让我联想到他二十二三岁的时候。那时候，他为了进行铁砂矿的研究而住进了屋神村。

有人告诉我，健亮博士出过旅行随笔集。我找过旧书店，没找到，去了图书馆才终于读到。

那本随笔集里记录了博士年轻的时候从南部的九州一直到北部的北海道、桦太，甚至远至朝鲜、中国的寻矿之旅。

我激动万分地翻开那本书，但很遗憾，任何地方都没有写到出云的屋神村。我非常震惊。因为我觉得对作者而言，出云的屋神才是他年轻时调查铁砂矿记忆最为深刻的地方。

在东北地区、北海道、桦太、欧栋，朝鲜、中国等地对于铁的研究也许确实是重要的，但那些都是博士中年时期的调查，他年轻时一直在出云。那种满载回忆的土地才是写随笔的最佳素材。那是博士的起点，理应对之怀有更多的感慨。

那些随笔中，只有出云没有被提及。这很不合理，我觉得这是博士的故意而为。

但理由呢？

我想起和我聊天时，三位老人提到过一件事——前任邮局局长想撰写乡土史资料时，曾多次给三浦健亮博士写信，但博士一次都没回复。

也许是因为博士太忙，所以没回信。也可能他觉得邮局局长联系他的事太微不足道，所以懒得写回信。

然而，我想到一个更大的理由，让他不愿回信。

我很想看一下健亮博士的儿子，也就是令尊健尔先生的照片。如果他和健亮博士长得一模一样——我想看一眼，确认一下。

我去报社的调查部寻找三浦家的照片，虽然有健亮博士的照片，但没有他儿子的。似乎他一生为人谨慎，连报社都没有他的照片。然而，当我查找"三浦"项时，突然意外地发现了另一张照片，古代染色的权威、大学教授、文化遗产保护委员：三浦健庸。于是我想到，这应该就是健亮博士的孙子，也就是您的脸。我开始在您的脸上寻找。

恕我直言，真的很像。我苦苦寻找的幻影在您的照片上清晰再现，让我觉得无比亲切。我觉得您一定和您的父亲长得很像。

写到这里，我想您应该已经猜到我想说的事了。不过就当我画蛇添足，继续写下去。

我的父亲利一为什么不是生在须地家而是生在安积

家？国子离开须地家被赶回娘家，是在明治二十八年二月。

您的祖父健亮为了研究铁矿而来到屋神村是在明治二十五六年，一直都住在须地家。须地家有一位远近闻名的娇妻国子，是个百里挑一的大美人。作为绫造的妻子，她对寄宿在家中的健亮一定照顾有加。

很难说清楚国子对健亮的好意发生了怎样的变化。但事实是，国子的丈夫在得知她怀孕后，就用一纸休书将她赶回了娘家，由此可以进行一种推测：明治二十七年四月，国子的肚子里怀了利一。就在前一个月，山阴的积雪开始融化，这个季节也是其他地方的访客来到屋神村的季节。

国子的丈夫之所以把怀着孕的国子休掉，是因为他猜到了妻子与健亮的关系。也许除了国子的怀孕，他还有更强有力的证据。于是国子只能乖乖地回布部的娘家。

我猜测，健亮也是在那个时候离开屋神村，之后再也没回去过。甚至之后在著作中对屋神地区只字不提，对来自当地的联系置之不理，在回忆的游记中故意排除屋神村……这一系列的事实都是因为同一个理由。

国子在布部的娘家生下一个男孩。他的脸和须地绫造一点都不像，而我的父亲和您长得非常相像。

暗线

因为没见过您父亲的照片，所以不确定，但我觉得应该很像健亮博士，而作为孙子的您也和健亮博士一模一样。

我的父亲和健亮博士长得也很像。眉毛、眼睛、鼻子、嘴巴……虽然各个部分不尽相同，但整体的感觉就是一模一样。

综上所述，我相信我父亲利一是您父亲健尔先生的兄弟。虽然母亲不同，但都有同一个父亲：三浦健亮。我父亲比您父亲大六岁。

隐瞒真实意图登门拜访时，一看到您，我就觉得亲切无比。您当时肯定不知道，我们算是堂兄弟。

那间会客室里挂着健亮博士穿着礼服的肖像画，我的注意力一直被其深深吸引，也难怪，因为他是我的祖父啊，怎么可能不亲切？

父亲在不知道自己出生真相的情况下就死了。

作为"私生子"被母亲生在娘家，之后又被贫困的黑井家收养。这是明治年代的事。他的养父估计隐约猜到了事实，所以才答应收养他。

到八岁为止，父亲一直从广濑去布部的母亲娘家玩。我一开始以为是养父母告诉了他安积家的事，后来孩子的心里感觉到了那个不堪的事实，所以没过多久就再也不去布部了。认识年幼父亲的安积谦吉有关于这段的记忆。

然而，我对此产生了一个疑问。利一从广濑跑去布部，难道只是去玩吗？从广濑到布部要走二里路。对于一个七八岁的孩子来说，单纯为了玩，应该不会愿意走那么远的路。虽说乡下孩子和城里的孩子不同，习惯走远路，但以他当时的年龄来说，还是有些不可思议。

所以我想到利一不是自己去布部的安积家，而是有谁带着他去的。

如果是这样，那就是安积家派人去黑井家，向利一的养父母说明情况，然后再把孩子"借"回去。

这里还有一个细节，那就是养父黑井很穷。安积家是当地最有钱的富农。换言之，安积家的地位、财产等与黑井家相比，那是天壤之别。把利一送给黑井这样的人家，这件事本身就意味着利一有着不可告人的出生秘密。我还想到，安积家一定给了黑井很多钱。

这么一来，安积家就有权利把利一从黑井家"借"出来。我是这么想的。

也许是因为安积家的老爷想看外孙，也可能是另有他人想看利一——

没错，就是国子。

暗线

生下利一之后，国子又被接回须地家。

这其中的故事我不是很清楚，估计须地绫造虽然一时休妻，但事后还是舍不得，于是又把她接了回去。"有罪之子"利一被送给别人后，对绫造而言也算解决了一个问题，出了一口气。

国子是远近闻名的美女，所以丈夫对她恋恋不舍也在情理之中。回到须地家后，就像我前文所写，国子为丈夫生了一个男孩和一个女孩。

国子虽然回到了须地家，但对她而言最放心不下的还是利一。她肯定会非常苦恼，不知道那个不幸的孩子在贫穷的黑井家过着怎样的日子，吃着何等的苦。她肯定会想尽一切办法见利一，这种母性的本能无法压抑。所以我猜测她每次回娘家时，都会把利一叫到布部去见面。

我觉得父亲对那段日子是依稀有记忆的。虽然不会有人告诉他那是他的母亲，但每次他去布部的安积家玩的时候，都会有一个漂亮的阿姨宠着自己一整天。

但父亲从来没对我说起过这件事。父亲的记性很好，但他从来没提过安积家的人。父亲不愿提及安积家的人，反而让我更确定了自己的猜测。

我的眼前仿佛浮现出这样一个场景——屋神与布部

之间的险峻山路上，国子坐着人力车往返其间。寂寞的山路、椭圆形发髻的妇人，一个人在颠簸的山路上摇来晃去。

她每次一早从屋神出发，花三个小时到达布部。娘家也一早就叫来了利一。一整天，国子和孩子形影不离，还把从屋神带来的零食和玩具送给利一。

同时，国子看着利一的时候，一定也会想起他的亲生父亲吧？那个人再也不会出现在那片土地上。国子来见利一，除了想看孩子，应该也是为了怀念与恋人三浦健亮的美好记忆吧。

她一整天都在娘家和利一玩。天色渐黑，娘家人劝她快回屋神。然而，国子一直拖拖拉拉。我的脑海中浮现过这样的场景——

国子终于还是坐上了等待已久的人力车，不停地朝送她到门口的利一挥手告别。

利一久久地站在门口，看着那个漂亮阿姨坐上人力车，越走越远，在那条白色小路上渐渐化成一个点。落日的山村夕霭之中，一辆人力车渐渐消失在远方。

人力车翻过三里山路回屋神，但走到半路就已经天色全黑。山峡间落日很早，人力车夫途中还挂起了灯笼，那盏灯笼是黑夜的山路里唯一在动的亮光……我还

暗线

想象了这样的情景。

不久，父亲跟着黑井一家去了四国。不知道父亲是什么时候知道自己的亲生母亲就是须地国子，应该是养父母临终前告诉他的。但那时因为他们已经住在四国的西町，所以父亲没法去出云见母亲。也可能被告知真相的时候，父亲的母亲已经过世。我这次去屋神村查阅过须地家的户口簿，国子卒于明治四十年①三月十一日，享年三十三岁。当时利一十三岁。

父亲对出云产生兴趣就是在那之后。同时，也从养父母那里知道了须地家拥有制铁厂的事。父亲的意识始终锁定在地图上屋神村的一角。

国子到死都没能再见到身在四国的孩子，一定非常心痛吧？但这对母子早已形同路人。

我的父亲估计是偶然在报上或是杂志上看到了三浦健亮的名字。

但他一看到"矿山学的权威、工学博士"的头衔，就知道自己与父亲无缘了。我猜黑井夫妇都不知道利一的亲生父亲到底是谁。父亲这一生，内心一直对故乡怀有一种劣等感。

---

① 即 1907 年。

写到这里，必须加上那天拜访时问过您的问题。我问过您"健亮博士的墓地在哪里"吧？

您说："在多磨墓地。"您还告诉了我具体的墓碑编号。估计您当时没多想，毕竟我是以报社记者的身份问的。

我当时就决定要去看一下多磨墓地里祖父的坟。我应该也可以叫他一声"爷爷"吧？虽然您是三浦家的继承人，但他也是我血脉相连的爷爷。

不过，你们的出身都很好。您的父亲如此，您也如此。我猜您父亲一生所过的富裕生活是我父亲完全无法与之比较的。我父亲一直在四国的西端吃苦受难，受尽了别人的鄙视。而您的父亲衣食无忧、学有所成，作为三浦健亮博士的儿子受到世人的尊敬……一样是孩子，为何差别如此之大？

您也是，作为古代染色的专家，功成名就。姑且不论您自身的才能，您的父亲也一定给了您富裕的生活。而我呢，就像这封信开头写的那样，家里只能供我到中学毕业。没有别人的资助，我根本上不起大学。现在，您是专业领域的大家，而我只是一个小记者。然而，话虽如此，我对您或者您的父亲并没有任何怨恨，完全没有。只是觉得同为健亮的儿子，境遇差别如此之大，一个衣食无忧，另一个却卑微贫穷地终了一生。

对我来说，健亮博士就是我的祖父。作为血脉相连的亲人，不可能没有思慕之情。所以离开您的家，我就去了他的墓地。

我从京王线的电车车窗向外看到包围着墓地的武藏野树林时，突然涌起一股复杂的情绪。

下了电车，我立刻赶往墓地，心里有一种难以名状的感觉。我的一只手里拿着您抄给我的墓碑编号，来到管理室，确认墓碑的位置。朝被告知的方位走去时，看着两侧无数的墓碑，我突然觉得自己做不到了。我觉得自己马上要去看的那个人，是害我父亲一生潦倒的人。突然，对祖父的那种思慕之情瞬间消失，取而代之的只有对那个害了我父亲的男人的憎恨。

因为这个人，我父亲一辈子都没回过故乡。一想到这里，我停下脚步转身离开。一步步走出陵园的时候，我用手指把那张早已在手心里皱成一团、写着墓碑编号的纸，一下一下地撕成碎片后，愤然丢弃。

婚　宴

一

　　新郎和新娘有气无力地站在礼堂里竖起的金屏风前。

　　新郎的一旁，证婚人正在向宾客们介绍新婚夫妇。这位证婚人似乎想在自己的发言中加入幽默元素，嘴里时不时地冒出滑稽的话语。看样子他昨晚应该已经排练过很多次。宾客们每到他说的"笑点"都会配合地送上笑声。

　　我一边听，一边希望他快点讲完。之后肯定还有每桌的代表发言，光是听那些发言就很浪费时间。

　　我坐的那桌可以正面看到主桌。新郎有点瘦，新娘有些胖。垂着薄纱的新娘的脸，在大宴会厅悬吊着的豪华水晶灯的映照下显得分外美丽。

　　头发花白、气质出众的证婚人站在麦克风前，仍在滔滔不绝地致辞。

　　我之所以希望他快点说完，并不是因为他说得有多糟糕，也不是因为担心他致辞之后别人还有更长的演讲，更不是因为我之后还有别的安排。其实每次受邀参加婚宴，我都会盼着仪式快点结束。证婚人和宾客们夸完新郎，按惯例会接着夸新娘。那些溢美之词让人感觉新娘是个完全没有"过去"的人，是以现在纯真的状态直接步入婚姻的。不仅是在看着眼前的这位新娘的时候，我每次被叫来参加婚宴，都会空想很多与证婚人说的那些完全不沾边的事。当然，我也知道这样很失礼，但每次看着新郎、新娘的脸，我心里就会产生一种类似危险恐惧的感觉。

最近是所谓的结婚季，有很多机会被叫来参加婚宴，大部分我都会拒绝，但也有像今天这样必须出席的。我客客气气地入座，如果有认识的人同席，就会闲聊上几句。但像现在这种致辞时间，实在让我觉得很难忍。

我也不想回想那件事，但在听着证婚人和宾客们无休无止的致辞时，总是会忍不住地想起——三年前，关于我朋友新田彻吉的那件事。

我是一家报社广告部的副部长，新田彻吉是我以前的同事。

那时候新田彻吉和我都已经入社十二年。新田辞职那年，和我一样，都是三十六岁。

新田是个聪明人。在才识这一点上，我觉得自己完全比不上他。他不太喝酒，也没有不良嗜好。

当时，我和他一样是科长，但我感觉他的地位更高。他之所以辞职，据说是想自己开广告公司。

他最先找我商量。新田说，如果一直留在报社，现在就能看到人生的终点站在哪里，是到退休为止每天混日子的感觉。

新田是跑外勤的，对广告商的经营方式非常熟悉，自然知道其中的甜头。而且他找到一个金主，愿意资助他创业。

我觉得他正当壮年，有着十年报社广告部的工作经验，为人处世都很有一套，只要有了资助，像他那么能干的人肯定会成功。

据说他在下决心之前苦恼了很久。找我商量的时候，其实他已经下了决心，但还是想确认一下，换言之，就是为了求个安心。

我投了赞成票。他听完，露出松了一口气的表情。不过一想到万一失败，他还是有点犹豫要不要迈出那一步。如果继续留在报社工作，起码的生活肯定能保障。一旦开始经商，万一失败，就可能要带着妻子露宿街头。

我也认识新田的妻子。一言以蔽之，是个能干的女人。在容貌方面，没新田一直自称的那么丑，但肯定不算美女。我和新田的关系很铁，常去他家玩，每次都能感受到他的妻子性格很开朗。

新田找我商量后没多久，我去他家玩过一次。

那时新田正好有事外出暂时离开，只有我和他妻子两个人的时候，她问我："新田说打算辞职自己开广告公司，你听说了吗？"

他的妻子名叫元子，因为父母都是关西人，所以说话时有些关西口音。

"他找我商量过，我觉得挺好的。我很赞成。"

听我说完，他妻子元子皱起的眉头稍稍有些舒展。

"新田从很久以前就开始想这事儿了。我觉得他想的没错，所以我赞成。但是如果新田只是徒有想法，没有本事，那肯定做不成事。所以我还是蛮担心的。现在听到你这么说，我就放心了。"新田妻子说，"这次愿意资助他的人虽然很亲切，但利息开得很高。我很感谢那个人的好意，但是一想到万一……所以我虽然赞成，但还是很犹豫。"

新田妻子的担心不无道理。任谁都会觉得辞去四平八稳的工作，单枪匹马去创业是一种冒险。但我觉得新田就算在过程中遇到困难，只要有他妻子在，肯定不会出大事，因为她真的很贤惠。

新田开了广告公司，但不可能和自己原来的报社签约。毕竟以前就有特约公司占着位子，新公司不可能轻易介入。另外，报社一般都会找大型的广告公司，而新田开的是小公司，又是新开张，所以刚开业的时候，他遇到了不少困难。

新田从某大公司的外包生意开始做起。

他没有被困难吓倒，拼了命地努力。靠着他在报社积累的人脉和大公司的上层疏通关系，经过长时间的经营，他的努力终于渐渐有了成果。

但即使业绩上去了，资金方面还是很紧张。新田陷入危机之后，他妻子跑回关西，从娘家借了钱。据说她爸爸已经过世，姐夫成了当家人。那么要强的女人向娘家借钱，可想而知有多为难。然而，她还是不顾一切地支持丈夫。

她同时兼任公司的财务，不停地跑报社和广告主，与大公司进行交涉，有时候还要去拉赞助。

总之，这对夫妻过了一段苦日子。五年后，新田终于不用给别人做外包，把生意做得风生水起。

我和新田夫妇一直有来往，所以知道新田妻子在他背后的付出。

看到新田五年后的成功，比起为新田，我更为元子感到高兴。之后又过了五年，新田的公司作为一家中型广告公司已经有了不可撼动的地位。他最早在一栋破旧的公司里借了三分之一的隔间，如今已经搬进豪华大厦的大办公室里；内勤、外勤加起来，公司职员已增加到二十人。

二

广告公司的生意一旦上了轨道，可谓万事无忧。

做营业最怕的就是广告主赊的账迟迟收不回来，而支付给报社的钱则刻不容缓，如果处理不好两者之间的账期，弄不好就会断了公司的命脉。

危险性虽高，但回报也高，一般能收到两成的利息。

如果客户稳定，在各报社那边有信用，那么在版面上就会比较好说话。新田渐渐进入了对他非常有利的轨道。

"现在一切都顺了吧？"我去找他的时候，对坐在社长办公室里的他说。

"托你的福。不瞒你说，曾有一段时间真不知道该怎么办。"他感慨道。

不用他详细告诉我，我也知道内情，之前也有所见、有所闻。"能有今天，一半是你妻子的功劳吧？"我说。

他点点头说："确实如此。要是没有她，资金链早就断了，现在说不定还在跑外勤，求爷爷告奶奶地找生意。"他也承认妻子是贤内助。

和做社员的时候相比，新田已经是独立广告公司的老板，公司和家在两个地方，所以我不像以前那样经常见到他的妻子元子。但我还是会在去他公司找他的时候，偶然遇到元子。

"新田的成功少不了你的辛苦。"

元子听完，眯起眼睛，皱着鼻子开心地笑着。她的微笑有一种任谁都会产生好感的特点。

"也多亏了你。当时如果你说最好别开，也许就没有今天的我们了。"她的回应也很圆滑。

我知道绝对和我没关系。那时候即使我阻止，新田也肯定会辞职开始新生活的。

然而，元子对我的感谢，即使知道那是客套话，我也半当真地欣然接受了。那时候，她担心地征求我意见的时候是认真的。

"总之，现在那么成功，真的恭喜你们。你也可以安心了吧！"我祝贺他们的成功。

新田买下田园调布的一栋旧房子，拆了旧屋，造了一栋现代化的新房子。他每天开车去位于银座的公司。

我虽然羡慕他的成功，同时不得不承认因为他是新田，所以会成功。我绝对没有他那种能力，也没有本事弄到那些资金。我的妻子只会依靠着我，绝对没有新田的妻子那么有能耐。而我自己只是因为在报社资历老了，才好不容易当上了副部长。我必须知足。

人一旦成功就会变。新田的妻子元子也比以前有了更成熟的气质。她本来出身就不错，气质一直都有，很稳重，同时因为是关西人，也很会持家。在这一点上，我觉得仅有聪明脑袋的新田比不上他的妻子。新田的成功，一半要归功于他妻子。

元子时不时去新田的公司，对社员们也都很好，对大家嘘寒问暖，对工作上的重点予以提醒。但绝不会指手画脚地强行干预，在大家的面前总是非常有分寸。

因此，在新田公司工作的员工们背地里都说，比起新田，他们更怕社长夫人。然而，这不是在说元子的坏话，而是对元子能干的夸奖。

新田的钱越来越多，空闲也越来越多。

"你小心点儿，别弄个情妇什么的出来。"我半开玩笑地对他说。

"开什么玩笑？我肯定不会。"新田笑着说。

"有时候偶尔花心一下是有的，但外面肯定没有固定的女人，以后也不会有。元子那人你也知道，算我高攀她，没有她在背后的支持，肯定不会有我现在的成功。我只是应酬的时候偶尔花心一下，她应该会原谅。"

事实上，新田在这方面确实比较靠谱。我觉得他说应酬的时候会有的一夜风流，只是四十七八岁的社长往自己脸上贴金的说法。但我无从判断他所说是否真实。

他的公司里有四五名女职员。前台、算账、记账的岗位大多用的是女孩。

我在报社没事的时候，经常会去他公司玩，发现女职员们经常换人。稍微漂亮点儿的女孩，没做几天就会辞职，剩下的都是没什么魅力的女孩。

"咦，又换人了？上次那个算账的女孩呢？长得还可以的。"我说。

新田笑着回答："你倒是挺有心嘛。就是因为有你这种人老在这里晃来晃去的，我怕出事，所以让她早点嫁人了。"

新田说这话的时候就好像自己嫁女儿一样。总之，他越这么说，越表明自己和女员工之间绝对不会有什么。

他的生意越做越大。现在由他独家代理的报社里有中央报纸，也有地方报纸，总数加起来已经非常可观。

有那么多报社也就意味着他有那么多的广告投放商。创业初期绞尽脑汁拉来的小公司的小广告，他现在已经不做了。他现在抓住的，就算称不上顶级，也都是有头有脸的大赞助商。

报社有时会设宴招待大家。

在这种联谊会上，他绝对是不可忽视的存在。他现在的年纪正当成熟有魅力，生意步入正轨，做事勤勉，大家都很看好他日后的发达。

某天。

我像往常一样去他公司玩，发现前台女孩又换人了。之前那个女孩只能说还算可爱，而这次的新人绝对是他公司史无前例的美人，年纪二十一二，有一点外国人的感觉，眼窝很凹，鼻子很挺，嘴唇特别可爱。

我之所以会看得那么仔细，其实是因为我也被她吸引住了。不过我和新田一样，都四十七岁了，看到漂亮的年轻女孩也不会怎么样，最多也就是去他公司的时候过过眼瘾。

"嘿，你们公司招了个大美女啊。"我来到富丽堂皇的社长办公室找他闲聊。

"什么美女？"已经发福了的新田挤着脸上的肥肉微笑着问。

"刚才在你们公司入口处看到的，就是前台那个女孩，长得很漂亮啊。"

"哦，那个女孩啊，"新田继续保持微笑，"你也看到了啊？其实她两周前就来上班了。确实长得很出挑，年轻的男员工一个个都坐不住了。我正觉得头疼呢。"他也承认那个女孩的美貌。

"工作效率确实会受影响，要不你也把她早点送去嫁人吧？"我想起了新田之前说过的话，拿出来逗他。

"不用我操心。那种女孩，追她的人一定很多。"新田一边抽烟一边说。

"她叫什么？"我好奇地问。

"你这么关心她？要不我把她叫来，你自己问？"新田笑嘻嘻地按下内线电话，"叫佐伯来一下。"

我这才知道那个前台女孩姓佐伯。

不一会儿，佐伯就进了社长办公室。我之前只见过她坐着的模样，现在看她站着，发现身材也匀称。虽然个子不算高，但脸很小巧，整体感觉非常可人。

她向新田鞠躬之前，先向我这个客人恭敬地低头致意。这种做派正是公司新人的模样，有些怯生生的率真。

新田把她叫来，也没什么特别的事，仅仅问她工作是否习惯之类的问题。我偷偷地观察了一下新田看她的眼神，觉得他就像是在看一个孩子。

"这是××报社广告部的副部长，常来我们公司，你要记住他哦。"新田对佐伯说。

她毕恭毕敬地低头说"明白了"。

"对了，你的全名叫什么？以后说不定会让你和副部长直接联系，先介绍一下自己吧。"新田不知道是开玩笑还是当真地命令道。女孩稍稍有些脸红，然后对着我再次鞠躬说："我叫佐伯光子。请多关照。"

三

之后我依旧常去新田的公司。

我对佐伯其实没特别的意思。和之前一样，我只是上班偷懒或是有公事才会去新田的公司。每次经过他公司的前台，看到佐伯可爱地向我打招呼时，多少有些小鹿乱撞的感觉。她就像少女一样，看起来天真无邪。

之后有一阵子没去新田的公司。等我再去的时候，正好新田的妻子元子也在。

我们一起走进新田的公司，在前台，我看到元子和佐伯光子相谈甚欢。因为元子是社长夫人，年龄比佐伯大了不少，所以佐伯说话的时候看起来还是有点拘谨。

但同时，她也有一种向社长夫人撒娇的感觉。

"那姑娘真的很不错。"元子离开前台后，和我在社长办公室里聊天。这时候新田刚好走开。

"我也这么觉得。果然还是因为你们公司生意兴隆，信用度也高，所以才会吸引那样的好姑娘来工作。"我说。

"我也是这么想的。"元子的脸上带着亲切的微笑。然而，她现在的那种亲切与以前相比已经完全不一样了。她越是落落大方、气质不凡，就越给我一种威迫感。

"我很喜欢那姑娘，还常叫她来我家玩。"

新田夫妇只有两个儿子，而且都还很小。只有男孩的家庭一般都会再想要一个女孩。所以我觉得元子那么说不仅是因为佐伯光子长得可爱，还因为她下意识里有想要个女孩的愿望。

"我很想为那姑娘做点事。"元子说。

元子关照的对象不只是佐伯光子，她对所有员工都有一种母性的关怀。但很明显，她对佐伯光子有一种特别的喜爱。

又有一天，我又和新田在办公室里闲聊，当听到我提起佐伯光子时，新田不由地皱了皱眉。

"其实最近关于她，有点闹心。"

"怎么回事？"

娇宴

"因为她太可爱，年轻的男员工们对她展开了各种攻势。据说她经常收到各种情书。这种状况会影响公司的工作氛围和员工的工作效率。我得好好考虑一下该怎么解决这个问题。"新田发愁地说。

"大家都是年轻人，是很正常的吧？"我说，"难道你打算解雇她？"

"最好解雇。"新田一脸不悦。事实上，他当时的犯愁表情给我留下了一种有些蹊跷的印象。

新田嘴上说要辞退佐伯，但事实上，她一直都留在前台。现在她跟我已经很熟，但每次见到，仍会保持一种距离感。她对我的态度之中既有对我的熟络感，也有原本就有的少女般的稚嫩感。我很喜欢她这种态度。

"佐伯光子还在你公司里嘛，你上次不是说最好辞退了她吗？不过我也觉得还是留下她比较好，年轻的男员工可以由你负责监督，只要她自己没那意思，那些小伙子迟早会知难而退。"我对新田说。

"我也这么想，"他赞成我的意见，"最近那些小伙子跟之前相比好像都冷静下来了。那些曾经积极献殷勤的家伙们最近也都没了动静。我担心的工作氛围没出问题，也不用担心影响工作效率了。"新田眉头舒展，露出明媚的笑容。这阵子，他公司的员工已经增加到四十人。

两周后的一个晚上。

我因为一场饭局而迟归，当时已经是晚上十一点左右。我坐在出租车上往家赶。我家在中央线的荻窪站附近，但那天晚上因为有事必须去一下住在牛込的亲戚家，所以坐出租车赶往那个地方，并作好了当晚留宿亲戚家的准备。车子从银座经过神田，开上九段坂，来到靖国神社的后方。

这里的环境非常优美，附近有学校的大围墙，来往的行人非常少。平时常能看到情侣在这里愉快地散步，但因为这时已过十一点，路人很少。

我百无聊赖地靠在座椅背上看着前方。就在车子转弯的瞬间，车前灯照亮了正在步行的一对男女。

突然被大光灯照到的男女着急地背过脸去。看到他们的一瞬间，我不由得吃惊地张大了嘴。

其中一个人就是新田彻吉，另一个则是佐伯光子。因为天气开始转凉，新田穿着一件格子外套，我认得那件衣服。至于佐伯光子，虽然在被车灯照到的一瞬间背过脸去，但她那张极具特征的脸，我绝对不会认错。

车子继续保持原来的速度向前驶去。我觉得看到了不该看的，所以并没有往车窗外朝他们看。但当车子驶过他们身边时，我扭头看去，从后车窗上看到了自己的面容，同时也在渐渐远去的昏黄街灯下看到两人正依偎着慢步而行。那分明就是新田和佐伯光子。

我之前其实也有那么一点预感，但在这次目击之后，才确认了新田和光子的关系。

之前，新田曾说过自己从来没对别的女人出过手，现在看来，只能说佐伯光子很特别。事实上，像佐伯光子那么可爱的女人一直待在身边，也难怪新田会对她动心。如果我是新田，可能也会把持不住。

我突然想到新田之前说起公司的小伙子们对佐伯光子紧追不舍让他觉得很发愁时的忧郁表情。我猜那时候新田已经爱上了佐伯光子，毕竟是他自己说要辞退佐伯的。换作以前的新田，一定会笑着说"得赶紧给她找个婆家"，不可能像现在这样一直让佐伯留在公司做接待。我还想起后来再问他的时候，他神清气爽地说公司的小伙子们都放弃了、老实了时那张春风得意的脸。

说实话，看到他俩的一瞬间，我忍不住微笑了。新田找了佐伯光子那样的姑娘，其实也没什么，毕竟他之前吃了那么多苦，现在生意已经步入正轨，谈个恋爱也不是什么大罪过。

然而，坐在车上过了一会儿，我开始反对自己先前的想法。毋庸置疑，因为我想到了新田的妻子元子。

新田之所以有今天，离不开元子的付出和努力。甚至可以说，他成功的大半都要归功于元子。托元子的福才得以成功的新田，现在背叛了元子，和公司的小姑娘谈起了恋爱，这是不可原谅的。人心也许就是这么不可思议，正反观点都成立。

我暗暗地同情元子。新田不可能再找到比元子更好的妻子了，他自己也曾说过他是高攀了元子。之前他一直外面没找女人，就是因为觉得对妻子很感谢，不许自己背叛妻子。他的妻子是那么好的女人。如果我不知道也就算了，但现在我看到了，如果什么都不说，真的感觉很对不起元子。

四

我始终没想好怎么开口。我只是看到他们一起走在路上而已，没法用这个理由当面质问新田。我需要再找到一些确凿的证据，不然，我们这么多年的友情很可能就此结束。

某一天。

我因为公事去了新田的公司。佐伯光子并不在前台，我像往常一样，没有让前台通报就直接去了社长办公室，没想到一进门就看到新田、元子、佐伯光子三个人正坐在一起。我不由得脸色大变。

但三个人都没什么紧张的表情，反而一副聊得很愉快的模样。"哟，你来啦。"新田欢迎我加入他们。

"欢迎欢迎。我们正在说好玩的事呢。"元子笑着对我说。

"什么事啊？"我一半感到安心一半感到好奇地笑着问。

"刚才光子说了件好玩的事。到底是年轻人，听她说话就是开心。"元子高兴地对我说。

"啊呀，夫人可不能告诉副部长啊。"佐伯光子勾住元子的手臂撒娇地说。

看起来，元子和光子之间的感情非常好。新田则笑嘻嘻地看着自己的妻子和佐伯光子。

我有些半信半疑。如果新田和光子真的有什么，那么现在的他们就是在做戏，这种演技实在让人气愤。但在我看来，光子对元子的态度非常自然，而且新田那副开心的表情里似乎也没有什么伪装。

我希望自己那晚在靖国神社后面看到他们两人只是我的错觉。但如果是他们合起伙来欺骗元子，那么我一定不会坐视不理。

这天的聊天，到最后都是一团和气。

"你要常来啊。"元子说这话时的表情非常明媚。

之后我也常去新田的公司，若无其事地暗中观察。我现在去他公司的理由已经和以前有所不同，有一半是因为想要弄清楚佐伯光子和新田的关系到底如何。但我一直都没有抓到实证。毕竟这本来就很难，我不可能一直待在他的公司里，很多时候即使去了也只是和新田聊天，没理由把佐伯光子也一起叫来。所以虽然我尽力观察，但并没有收获。

然而某一天，我再去新田公司的时候，却发现佐伯光子不在前台。不仅如此，负责接待的女孩已经换人。我看到新的前台小姐的一瞬间，觉得有些意外。

我在社长办公室见到新田，问了他之后，他大笑着说："你怎么那么关心她啊？她终究还是辞职了。"

"啊？"我看着新田的脸。

"怎么了？看你一脸惋惜，"新田笑嘻嘻地说，"之前一直没有对你说，其实还是有公司的小伙子一直缠着她。我曾以为大家已经偃旗息鼓，就放心大意了，没想到他们只是在暗处继续使劲儿，结果弄得她忍无可忍。正好她哥哥和嫂子从老家搬来了东京，说要她过去一起住，所以她四五天前干脆辞职了。"新田说明道。

"是嘛。"听说佐伯光子辞职，我的内心舒了一口气。其实我仍对那晚在靖国神社见到的情形心存怀疑，但看到新田和光子在元子面前表现得那么自然大方，便觉得就算我说了出来，估计也不会被当真。现在从新田口中听说光子已经辞职的事实，我觉得已经大可以放心。当然，我还是更多为元子着想。

　　"真遗憾啊。不过也算好事。"我脱口而出。"什么意思？"新田讶异地看着我。

　　"她辞职是蛮令人惋惜的，但我之前更担心你。看到那种少见的、年轻又漂亮的女孩子，我觉得就算是你，也不一定能坐怀不乱。但如果你真有什么状况，你妻子就太可怜了。"

　　"你在乱说什么啊？"新田大声笑着说。我很少见他发出那么大的笑声。

　　之后又过了几个月。我的脑子里已经完全没了佐伯光子这个人，就算看到代替她的前台小姐，也不会想到她。

　　光子辞职后，新田非常卖力地工作。按说以他公司现在的规模，社长应该不必事事亲为，但他仍和第一线的外勤人员一起跑客户、报社，竭尽全力拉拢各种金融关系。在业界，大家都夸他吃得起苦、肯拼。公司的员工人数也节节攀升。

我和元子有时会在新田公司的社长办公室里遇到，他们夫妇看起来感情很好。在我看来，新田对妻子非常亲切，元子也一如既往地为丈夫付出一切。只要元子出现在公司，公司的气氛就会变得有一股众志成城的感觉，但那绝对不是因为元子有多严厉，而是因为她给人一种"又酸又甜"的感觉。这样的社长夫人每次来到公司，都会给员工带来一种母性的紧张感。元子的身上就是有这种气场，可以让她身边的人都感受到一种温暖的人情味。

　　佐伯光子刚辞职那阵子，元子见到我就说："光子辞职了真可惜，我真的很喜欢那姑娘。我都想做媒帮她找婆家呢。"

　　我当时的表情非常复杂，心想：如果她知道新田和光子之间的那些事，哪怕只是有那么一丁点暧昧，元子是否还会露出那种明媚的表情？但事实上什么事都没发生，所以我真的挺高兴。

　　之后又过了两个月。

　　我在路上偶遇新田公司的一名经理，姓佐佐木。当时正好是下午茶时间。事先没有特地约定，只是遇上了，我们就一起进咖啡馆喝杯咖啡。

　　闲聊了一会儿，我突然有一种感觉——这个佐佐木也许知道新田和光子的事。我忍不住想问问他。

我觉得佐佐木是个老实人，新田很信赖他。佐佐木不可能说他老板的坏话，而且佐伯光子已经辞职，就算有也都是过去的事了，他可能会当作笑话来讲。

"对了，佐佐木，我问你哦，"我说，"这事儿就我俩知道。新田和你们公司之前的那个前台小姐，佐伯光子，就是那个特别漂亮的姑娘，你怎么看？他们两个之间是不是有什么？"

听到我的问题，佐佐木瞪大了眼。看他那副表情，我觉得自己猜对了。

佐佐木把身子朝前探了过来，凑近我说："没错。"他表情凝重，压低声音说："您也知道了？"

"果然如此，"我故意装出若无其事的表情，"倒不是因为我看到过什么，只是有一种杞人忧天的感觉。他俩难道真的有事？"

"是呀，"佐佐木长着一个很有特点的四方形下巴，他点点头说，"之前我也一直很担心。对副部长您，我就说实话了。其实社长和佐伯光子早就在一起了。"

佐佐木有些夸张地边说边比画。我平时就觉得这个男人说话的时候动作有点夸张，这时候更觉如此。

"你说的是真的吗？有证据吗？"

"副部长，您怎么还问这种问题？还要什么证据？全公司都知道他俩有一腿了。现在社长把她包养在佐佐木上原呢。"

"啊？"我不由地叫了出来，"你说的都是真的？"

"不骗您。我们公司的人全都知道，也许社长还以为我们都不知道呢。"

五

我是第一次听说新田居然包养了佐伯光子。他说光子辞职，那是彻头彻尾的谎话。事实上，他偷偷地把她包养起来了。佐佐木说这事儿全公司都知道。

"那么社长夫人呢？"这是我最为关心的事。

"夫人什么都不知道。夫人那么好，我们都替她感到委屈。但我们又不可能去告诉她，所以真的不知道该怎么办。我之前就曾经想找您商量，请您去告诉社长夫人。"佐佐木的表情看起来是认真的。

然而我很犹豫。元子本来不知道，如果特地告诉她，只会增添她的烦恼，让她和新田撕破脸。新田自己搞得定，家庭情人两相安，我觉得这样也好。但这种事能瞒多久？所有员工都已经知道，总有一天会传到她的耳朵里。到了那时候，当她知道我知情不报，一定会恨我。

我自己怎样都无所谓，最可怜的还是元子。仔细想来，新田高攀的女人，那么出色的女人，真的是打着灯笼都再难找到。我觉得新田对光子也许并没太当真，妻子是妻子，情人是情人。

但如果只是普通的一夜情，不至于特地给她安个家。这说明他们之间的关系不一般。

最后，我对佐佐木说，看情况再议。事实上，我并没有什么好办法。我担心万一自己说得不妥，反而会让新田夫妇之间徒增纷争。

我觉得新田太可恶，连我都骗。也许他没勇气对别人说实话，但至少应该告诉我。我有一种被他背叛的感觉。

我不再像以前那样频频出入他的公司。一方面是因为我知道了真相却什么都没说，觉得对不起元子；另一方面，我觉得即使见到新田，也不知道该说什么，所以不如不见来得省事。

之后的三个月里，我因为公务去过新田的公司两三次，他依旧对光子的事只字不提，我也假装不知道。元子看起来似乎还是不知情。新田在工作上还是老样子，干劲十足。

我在意的事一直都没变。我曾在去新田公司的时候，悄悄地把佐佐木拉到一边，问他其后的情况。

"夫人照旧什么都不知道。社长每周会有一晚留宿在光子家，每个月会以出差的名义带光子出去一次。真的很伤脑筋。我又不能直接告诉夫人，但不说又觉得憋在心里好难受。"佐佐木向我透露道。

然而，我觉得这种事情不可能永远瞒下去，新田家必定会起波澜。

这天，新田给我打电话，说完工作上的事，他接着说："其实我有事要拜托。你能不能帮我作证：昨晚我和你一起在伊豆的修善寺？详细情况以后再跟你说。总之如果元子问起来，你就这么回答，行不？抱歉，拜托你了。"

真够乱来的！我马上就猜到一定是新田带着光子去了修善寺，但被元子察觉到了，所以让我给他作假证。如果元子问起来，我得帮他圆谎。

他说详细情况以后再说，然后就挂了电话。我真的很来气。之前的事什么都不交代，自说自话地让我帮他圆谎，实在太可恶。但他和光子在一起已经快半年，看得出他是动真格的。我最气的就是他居然什么都不告诉我，还让我帮他。

这天下午，就像新田预告的那样，元子给我打来电话。

　　"今天下班后能见一面吗？"寒暄过后元子说，"有件事想拜托你。"

　　元子的声音非常冷静。当然，我并不是说她平时很聒噪。我见到她的时候，还没想好到底该不该帮新田撒谎。

　　我们见面的地方是报社附近的咖啡馆。

　　元子没我所担心的那么兴奋，也不怎么消沉，也许是因为她本来就很沉稳，喜怒哀乐不形于色。今天也是，说话的时候，她依然时不时地露出平和的微笑。

　　"其实算是家丑吧，新田和他公司之前那个做前台的佐伯光子好上了。之前我就觉得有点奇怪，昨晚他说在修善寺有应酬，可回来的时候，我在他的包里发现了那个。"

　　元子的语气并非向我求证真伪，而是一开口就已经确认了事实。我虽然受新田之托，但事实上，元子的语气和态度完全不容我弄虚作假地编故事。

　　"你应该也早就知道了吧？"元子稍稍歪了下脑袋，微笑着看着我，那表情里没有丝毫的阴郁，始终都是很阳光的感觉。

　　"也不能说完全没有察觉。"我红着脸说。

"我明白的，大多数人都会和你一样。是新田做了让人困扰的事。我本来觉得他事业上那么成功，难免偶尔拈花惹草，所以都睁一只眼闭一只眼。但这次他找了个长期的，而且还是之前在公司里做过事的。那个光子也真是让人头疼。"

元子说话的时候始终很平静，不是那种刻意的强装冷静，而是她一贯的风雨不惊。

"这事还得怪新田不好，如果是出来卖笑的女人倒也算了，但那姑娘还那么年轻。我想让他快点和光子分开。"

我赞成元子的想法。佐伯光子还很年轻，又那么漂亮，应该好好地找个男人，不能让她成为新田一时风花雪月的牺牲品——这是元子说的。

不过，我有些犹豫该不该就那么相信了她。我不知道她那么说是真的关心光子，还是隐藏了按照常理应有的嫉妒。但不管怎样，元子说的没错。

"我来找你，本是希望你能劝一下新田，让他和光子分手。但现在想想，你还是不说更好，我怕万一起了反作用，新田会不管不顾地乱来。"

我在内心松了一口气。其实我最不擅长开口劝说这种事，但我最后还是对元子说，万一需要我做什么，请她不要客气。其实我说这话的时候连自己心里都没底。

之后又过了一阵子。我不知道元子和新田之间是否有过争吵还是已经圆满解决，工作上，我还是会和新田常常见面，但我从他的表情中什么都看不出来。之前他在电话里拜托我关于修善寺的说辞，事后也没再提过，更没有告诉我理由。

于是我只能找佐佐木了解情况。

"他们还没断，"佐佐木一脸为难地说，"夫人已经全都知道了。社长和夫人好像大吵过，据说社长答应会听夫人的话，和光子分手。但关键时刻又拖拖拉拉，不作了断。"

"夫人怎么说？"我问。

"夫人那么有智慧，表面上什么都没说。不像有些主妇会一哭二闹三上吊。夫人很大度地欢迎社长回头，但男人其实反而会受不了这样的类型吧？社长有一直受制于夫人的感觉。"

虽然受制于元子，新田却依然继续和光子在一起。对于中年的新田而言，还是年轻的光子更有魅力，更可爱。

这样下去，他们一家要么一直保持这种状态，要么元子接受光子成为公开的"二房"。

六

一天晚上。

我下班有些晚，坐在车上经过一个十字路口。正好是电影散场时分，很多人都在等红灯。我不经意间朝车窗外看去，恰巧看到了佐伯光子。

这一次，她站在亮处，正在等红灯。我看得很清楚，她不是一个人，身边还有个年轻男人，两人正很亲密地有说有笑。一看就知道俩人刚才一起看了电影，正在回去的路上。

我很震惊，没想到佐伯光子还有个年轻的男朋友。站在她身边的年轻男人看上去像公司职员，挺和善的。我觉得看起来他们不只是一起看电影的关系，应该是恋人。车子开走后，我的脑海中依然残留着刚才那番好似幻象的情景。

我猜新田应该不知道。佐伯光子瞒着新田在玩火，对她来说，新田太老了，年轻女孩终究还是想找年轻男人。我觉得我明白光子的心情。

但新田对此一无所知，他一定深信光子是为他而活。

我突然想起了元子。如果想让新田和光子分手，这正是好机会。新田也许会一时愤慨，但他应该分得清是

婚宴

非，说不定反而能痛快地分手。如果光子有了结婚的对象，为了她自己的幸福，她应该会和新田分手。

我觉得不能直接对新田说出我看到的情形，应该通过佐佐木有意无意地透露给新田，让他清醒过来。但话又说回来，那只是我瞬间看到的一幕，并非确凿的证据。

我对佐佐木说了这事之后，佐佐木歪着脑袋说："这事我倒是头回听说。那女人有个年轻的恋人？这倒也合常理，毕竟她那么年轻。"佐佐木似乎不知道这事儿，"谢谢您告诉我。我也会多加留意，如果是真的，我一定会告诉社长。"

我很怀疑胆小怕事的佐佐木能否向新田直言不讳，反正我做不到。我反而觉得他更应该去找光子谈，但这又有点像在搬弄是非，所以我没开口。

我担心的事并没有发生。这天，元子来找我。

"前阵子让你费心了。"她对我说。之前她给我打了电话，我们仍约在上次那家咖啡馆见面。

"之前没告诉你，我其实一直在和光子见面，为了新田，也真是费了一番周折。也许你会觉得我很奇怪，但我就是这脾气，没办法装作不知道。如果光子已经上了年纪，我也就不管了。但她那么年轻，那么可爱，我真的觉得她太可怜，所以特地去提醒她。"

元子所说的对我来说又是新闻。但我又想，这也确实符合她的作风。在我的想象中，新田和元子一定吵过架，光子也一定很犯愁。但是凭借元子的智慧，丈夫最终选择听她的，而光子最后也遂了她的愿。

　　"现在好了，光子要结婚了。是她主动告诉我，说她有喜欢的人。她没对新田而是对我说哦。还真是年轻人才会做的事。"元子微笑着说，那种微笑里明显有一半是因为安心，"我在想，她嫁人的所有费用，包括服装和用品，全都由我来出。"

　　"新田怎么说？"我问。

　　"新田一开始当然很吃惊，也很难过。毕竟光子背叛了他。这么说自己的丈夫也许有些奇怪，但他就是那样的人，当断则断，不会拖泥带水，一切都按我说的来。不过他当时看我的表情真的很尴尬，一脸苦恼。"

　　我可以想象那副情景。光子虽然让新田失落了，但他应该会感谢自己的妻子元子吧。同时我也非常佩服正室的厉害，再一次深感新田的妻子太有本事了。

　　元子告诉我，从她知道光子的事到作出应对为止，中间有很长一段时间，她也苦恼过，也和新田暗地里较过劲儿。但我看她现在的表情，完全不像是吃过苦的人。

　　我觉得新田之所以会听元子的话，和光子分手，与其说是因为他听说光子要结婚，倒不如说因为他意识到"对光子而言的好男人已经出现"这个事实。

我突然想起那次在车上看到的、和光子看完电影一起走出来的年轻人。新田也许知道了他的存在，才会听从元子的劝告。当然，事实怎样，我也不得而知。

我向元子问起光子结婚对象的事。只有在这时候，她的表情才稍稍有些阴沉："光子其实一直都有男朋友。现在的年轻人把这种事看得很淡。我问她的时候，她承认得很干脆。这么一来，我也轻松了。说到底还是新田不好，让那么漂亮的姑娘在嫁人前做了那种事。我现在与其说恨新田，不如说对光子更觉得抱歉。所以我想尽可能地为她做点事。"

我点点头说："新田知道佐伯姑娘本来就有恋人吗？"

"多少会察觉到吧，但应该不是太清楚。我没告诉他全部的实情，因为觉得这对他来说有点残酷。"

我深深佩服元子实在太体恤人心。如果换成别人，肯定早就对光子恨之入骨、对丈夫冷笑看扁了。若真那样，其实也正常。一般的女人肯定会火冒三丈，对丈夫破口大骂，看到丈夫失落也会往死里嘲笑他。但元子靠理性抑制住了那种冲动。她还站在丈夫的立场上考虑问题，甚至为光子着想。虽然这是别人的家事，但我真心觉得没见过像她这样的妻子。

"那真的太好了，"我脱口而出，"你也受了很多苦。但现在终于雨过天晴，新田也应该可以把精力更多地放到工作上了。从结果来看还是好的，而且男人往往会因为这种挫折而浪子回头，更加奋发图强。"我说着这些司空见惯的套话，觉得自己挺没出息的，只能对元子说这些陈词滥调。

"对了，光子的婚宴是什么时候？"我问。"快了，再过两周。"

"这么快？"我有些吃惊。

"是啊，据说光子的男朋友希望能早点结婚。我最近也一直在帮她买东西，筹备婚宴。"

"感觉你就像她的娘家人。"我说。

"没错。我也是第一次做那些事，蛮开心的。"元子这么说。她的话里完全没有虚伪或是说反话的感觉，我觉得她说的都是真心话。

之后我没再见过新田，其实我是故意避而不见。光子的婚宴结束前，我不知道见了他该说什么。两周后，也就是光子婚宴之后，我打算去见新田。我觉得那时候光子的事情已经解决，他应该也已经恢复平静，我可以笑着对他说：时间是最好的良药。

那段时间我去九州出差。

出差时间一共十天左右，期间正逢光子的婚宴。等我回到东京后，才知道发生了那件事。我向很多人打听后，了解到事情的具体细节。

七

那天，新田难得地很早回家。

自从和光子分手，新田表面上并没有什么变化，但内心免不了寂寞难过。那天正是光子结婚的日子，新田和元子彼此心知肚明。元子还瞒着新田，为光子置备了衣服等结婚用品。

光子的婚宴于当天傍晚六点在东京市内的一家料理店举行。新田夫妻俩都知道时间和地点。光子因为元子非常关照她，很感谢元子，还邀请元子去参加婚宴，但被元子婉拒了。

对于那天新田特地提早回家的心情，元子并非不能理解。夫妻俩都在想：这时候，光子的婚宴应该正在进行吧？但两人都故意不提到光子，打算夫妻二人安安静静地在家里度过那一晚。元子很在意新田的感受，但又不能表现得太刻意，因为她不想让新田产生逆反心理。

"元子，我们好久没一起喝酒了吧？"新田的样子看起来和平常没两样。

"是啊，要不出去吃吧？"元子笑着说。

"去外面太无聊，最近一直在外面喝，今天只想在家里喝得自在些。"

"好啊。"元子很开心地打算准备饭菜。

"哎呀，家里什么都没有。"元子在厨房里大声说道。"随便什么都行。"新田也大声回应。

元子用冰箱里仅剩的一些食材勉强做了几个小菜。新田不喝日本酒，喜欢洋酒，所以元子为他调了加冰威士忌，端到他面前。新田之前在客厅里半躺着休息，看到酒来了，立刻坐了起来。

"我也喝一点吧。"元子也喝起酒来。她用明媚的微笑面对着丈夫。

客厅里有台座钟，时针指向七点，正是光子的婚宴热闹进行的时刻。新田很在意地不断看时钟，但夫妻俩都刻意避开婚宴这个话题。

要怪就怪这台钟！

没过多久，两人之间的气氛变得有些尴尬。

新田一连喝了三杯，称赞元子化腐朽为神奇，在那么短的时间内，没什么食材还能弄出那么好吃的菜肴。

元子这时候刚喝完一杯。

"我好像醉了。"开始喝第四杯的新田说。

"不会吧？"元子看着新田的脸说。

"我真的醉了，"新田坚持说，"我的头好重，想出去吹吹风。"

新田家附近环境很好，有很多大户的独栋洋楼，还有小树林，非常安静。

元子起初有些担心，但新田看上去并没有异常。

新田穿着家居服就出门了。因为他说是出去散步，所以元子没阻拦他。

"早点回来哦。"元子对外出的丈夫说。

"嗯，转一圈就回来。"

元子将新田送到门口的时候，他还是一副优哉游哉的模样。但之后，新田再没回家。

大家事后才知道，他出门后随手拦了一辆出租车，开了整整一个小时，来到光子举行婚宴的料理店。途中，他还去五金店买了把匕首。

新田到达举办婚宴的料理店，若无其事地走进大门，对服务员说请她叫今晚的新娘出来一下。

当时光子正好为了换装暂时回到化妆室，听服务员说新田来了，她的脸立刻沉了下来。但她仍对服务员说不要麻烦别人，自己一个人去见一下新田。其他客人以为有人来道喜，所以并没太在意，只有一个女服务员跟着光子一起过去。

据那位服务员说，光子来到料理店门口时，新田看到她，满脸微笑。也许正是因为如此，光子完全没有防备，还跪下行大礼，对新田说感谢他对自己的照顾。看着光子，新田的脸色越来越难看，直至表情狰狞。

看到这样的新田而觉得大吃一惊的，不仅是在场的那名女服务员，光子也吓得赶紧站起身，打算扭头就跑。但就在这时，新田扑了过去，抓住光子的肩膀。光子大叫一声，扭头就逃。但紧接着，她的腰部被新田从背后用手猛地钩了回去。光子的身体被新田拦成弓形。服务员因为这一突如其来的状况而吓傻了眼，甚至没想到上前制止。

光子的身体朝后倒去，新田一个箭步紧紧贴住她的身体，并开始叫嚷些莫名其妙的话。光子好不容易挣脱后，朝店里刚走了五六步就倒地不起。大家这才发现她华丽的礼服上出现了不断晕染开的红色，仿佛那是礼服原有的花色一样。

新田因此输掉了一切。

光子所幸没被捅到要害，只是轻伤，但她的婚事因为这件事彻底泡了汤。

新田把公司关闭了。当然，这件事还上了报纸，他之前不懈努力换来的地位与事业瞬间化为乌有。

新田为什么要做那样的事？那天晚上，他本该和妻子在家里喝小酒。但因为客厅里放着一台钟。随着指针一分一秒地走过，他的眼中仿佛看见了穿着婚纱的光子。在那之前，他本已决定放下光子，与贤妻重修旧好。那一夜，他本想把一切都忘记。

然而，他从家里出来了。他说出去散步，也许一开始真的只是散步，但离开元子后的新田有一种中年男人束手无策的嫉妒，而且这种嫉妒变得越发强烈。他没有想过理由或对错。

坐上出租车时，他目光中闪着一道光，然后直奔光子的婚宴。我至今都认为元子是个了不起的妻子，但她实在太了不起了。

她不会像一般的妻子那样与出轨的丈夫三天小吵两天大吵，如果她可以吵，也许新田就不会因为光子的事而备感压抑，也许反而可以很容易地与光子分手，嫉妒也可能得以消解。新田在一瞬间亲手毁了自己的一切，我觉得其中一个原因就是他妻子过于贤惠。但我完全没有非议元子的意思。她真的是很了不起的女性。

现在没人知道新田夫妇去了哪里。有人说他们在关西，但没人知道确切的情况。

——我刚才一直陷在这段回想之中。不知什么时候，我所出席的婚宴的嘉宾已经结束发言，新郎和新娘在所有人的掌声中暂时回到了化妆室。

志 怃

一

　　暮色苍茫前路暗　心中忐忑难相安　且待月出
再归去　愿君长留于身边①

　　这首和歌神奇地在我脑海里留下深深的印象。我对
《万叶集》或是和歌并没有太大兴趣。只是随手在书店
里翻开《万叶集》这本书，偶然读到了这首，然后就记
在了脑子里。我已经不记得当时为什么会在书店拿起那
本书了。而且当时并非身在东京，而是在一家位于信州
诹访的书店里。我就是在那片奇妙的土地上看到它的。

　　这首歌的大意是：现在月亮还没出来，路上很暗，
心里觉得很忐忑。希望你等到月亮出来后再走。而在那
之前，希望你一直陪在我身边。

　　为什么那时候这首和歌会给我留下深刻印象呢？

----

① 　《万叶集》第七〇九首，以大伴家持为主的赠答歌中的一首。大
意为希望借月亮留住情郎。

《万叶集》的那个年代，实行的是男人去女人家的走婚方式，所以才会有这种情形。丈夫可能是白天来到女人的家，也可能是晚上才到，总之，和女人欢度片刻之后，丈夫必须回自己家。歌中用的虽然是"暮色"一词，但实际上有可能是更晚的时分，因为有时候月亮入夜才出来。女人好说歹说，想再多留男人一会儿。她抱住丈夫的肩膀对他说"就等到月亮出来后再走吧"，"现在路上太危险"。男人说"好吧"。因为女人的挽留，男人拖拖拉拉地一直没走……读这首和歌的时候就能浮想出这样的情形。

事实上，在看到这首和歌之前，同样的感情也曾降临到我的身上。而看到这首和歌的时间与场所，也给了我更多的感怀。

——那个女人一个人在东京郊外借了套房子，每天从那里去市中心上班。她说自己二十四岁，但看起来更成熟。我和她是在私铁电车上认识的。我们每天早上都在同一个站上车，偶然在拥挤的车厢里萍水相逢，虽然彼此并不认识，但时间长了，不知不觉地会在上下班的路上相遇相谈。

当时我刚当上所在政府机关的科长。去她家是在我们已经熟悉到一定程度之后，一方面因为刚刚晋升为科长，我非常高兴；另一方面，我觉得自己三十二岁，差不多是可以有外遇的年纪了。人生上升到一个新阶段之后，就会有视野大开的感觉，而这种视野的一端存在着一名未知的魅力女性，所以这种事一点都不奇怪。

而且，因为当时完全没预想到之后发生的事，所以在路上被人看到我们走在一起时也没觉得有什么。虽然是她主动，但我并没有拒绝。那个女人是单身，回家前先去菜场买了牛肉。

"你等一下，我先去买点东西。"

"什么东西？"

"没什么，就是买点小东西。抱歉，你等一下哦。"

女人让我在路上等着，自己挤进人声鼎沸的菜市场，出来的时候手里拿着一样用报纸包着的东西，那就是她当晚招待我的大餐。女人名叫平井良子。她住的地方虽然有很多户人家，但她家与隔壁人家隔着田地，附近的住宅也都不是密集型。她的家很旧，看起来是战后初期建造的房子，有两间六张榻榻米大小的房间和一间四张半榻榻米大小的客厅。独自生活的她把房间收拾得很干净，从窗帘的漂亮颜色和架子上的装饰都看得出，她花了一番心思。

"一个人住这里太委屈了吧？"我一边吃着她准备

忘恋

的牛肉火锅一边说。

"但房租很便宜。"

"是吗？公寓应该更便宜也更安全吧。这种地方晚上一个人睡觉的时候不害怕吗？"

"习惯了就好。一个女人如果住公寓，再碰上那种长舌妇似的邻居，反而更可能被人说闲话。"

良子长得算不上漂亮，但还算标致，而且皮肤很有光泽，肤色也很白皙。

我只去过她家一次。不过我说的是正大光明去她家只有一次，之后我都是偷偷去的。我的家离她家挺远的，在密集型住宅区里，从车站下车后，我俩回家的方向相反。

那天是我俩的初夜，就在第一次去她家的一周后。我参加的宴会提前结束，回来的路上突然想去看看她，于是下车后选择了去她家的方向。

下车后只需要走十二三分钟，离车站不算太远。她家离主干道较远。周围那些大房子的人家都被包围在防风林之中。

道路两边是农家，一条小路通向远处。因为都被树木遮蔽，路上一片漆黑。但走过这一段就可以来到月光照耀下的道路。当时才八点左右，附近的人家却都已经关上了门，安静得没有声响。连一个路人也看不到。从车站下来步行五六分钟时还有人一路同行，但渐渐地，路上只剩下我一个人。

那天晚上，她看到我突然造访时的表情仿佛早已猜到我会过去。她在睡衣外披着一件艳丽的罩衫，那模样一下子就让我为之倾倒。

我们的关系维持了三个月左右。如果不是她说出一个重大的事实，我们一定会继续下去。

那三个月里，我真的很开心。当然，我妻子和同事都不知道。她家周围的人也完全不知道有我这样一个男人经常去她家。

我五点下班后，会故意去小酒馆、弹子房打发时间，然后在晚上八点左右到达她家。像往常一样，在那个寂寥的私铁小车站下车后，一路上同路的人越走越少，最后只剩下我。走过两侧是农家却被树荫遮蔽的昏暗小路，我来到她家门口。

东京郊外，不用跑太远也可以领略游览武藏野的感受。杂木林的缝隙中漏出百姓人家屋外电灯的一缕缕灯光，看起来别有风情。走过那段郁郁葱葱、像树荫也像隧道的路段，可以看到正对田地的住家灯火。

附近的人不知道我的存在，这对我来说简直再好不过。婚外恋最怕的就是被人知道。如果被人发现，女方肯定会很为难，而我，作为好不容易走上出人头地之路的政府机关人员，当然会更受影响。

我和她每次在一起只待两个小时，回去的时候，她一定会挽留我说"再多留十分钟吧""五分钟也好""如果能和你这样一直在一起就太幸福了"。她常趴在我的胸口说。

我对她坦白自己有家室以及在政府机关工作的事。我妻子的父亲虽然和我所在的机关不同，但也在政府机关工作，而且位高权重。换言之，为了我的前途，我不可能和妻子分手。和良子刚发生关系的时候，我最怕她说要和我结婚之类的事。为此，我事先讲明自己的立场。

所以现在她说什么想一直和我在一起，其实只是在悲叹不可能的奢望。

这是我婚后第一次出轨。我每次去她家都欢欣雀跃，而回家时则有另一番乐趣。离开她家，眼前是一片夜里的田园。月亮将一缕苍白的亮光洒向田野，远处的森林与树丛在白色的雾霭之中朦胧迷离。树木与树叶仿佛都在发光，菜地里的蔬菜上也都闪着光亮。白天见到的肮脏场所在月光下散发着一种朦胧美。

随着临近满月，月光开始渐渐变强，树木的影子也越来越深。需要沿着防风林走很长一段小路才能来到大路。一路上，月光始终相伴。从树丛里穿出来，来到月光之下，然后再钻入树影之中——有一种并非身在此世、脱离现实的感觉。

所以，我会对名为《丰前国娘子大宅女之歌一首》的这首《夜路志忑》心动不已。作者姓氏不详，但估计是九州的无名庶民之女。这首和歌就是一个故事。而我，因为自己的亲身经历，对这首歌有着切身的感受。

——那天晚上，我们分手了。

二

我之前一直以为她是单身。虽然也想象过她以前的情史，但从没怀疑过她是单身的事实。她一直没对我说有丈夫的事，而且她对我一往情深，还一直说想和我同居，都让我深信她一定是单身。

然而，那天晚上，她的样子有些奇怪。从一开始就一副心事重重的样子，鱼水之欢过后，突然放声大哭起来。

我之前就隐约觉得这天的她有点奇怪，当她大哭起来时，我的直觉告诉我一定有事。平时的良子是开朗之人，沉默寡言的我经常受到她的感染，被她逗乐。

"怎么了？"我从背后抱住正在发抖的她。她继续哭泣，声音越来越大，身体也更加颤抖。

她突然开口说："请你和我在一起！"说完又趴在我的膝盖上继续哭。

这与平日里挽留我多待一会儿的悲叹不同，这一次，她的话有种逼迫感。她是当真的。

"我们现在已经是这种关系了，我是真的喜欢你。但是我之前就说过，我有妻子和家庭。我以为你已经接受了……"

她说："我知道。但是我还是想和你在一起。我知道你有妻子，也知道你会很为难。但三年、五年之后都可以，我可以等。希望你能和我住一起，哪怕一年也好。"

我问她到底怎么回事，她没有直接回答，只是一个劲儿地缠着我说想和我一起住一年。

我被她那种迫切的态度所折服。她身上确实有我妻子所没有的东西。她很有爱，也很亲切，比起我那个冷漠的官二代妻子，她更有女人的温暖感。我当然知道，比起和妻子，和良子一起生活一定更幸福。

我终于答应她，虽然不知道具体什么时候，但一年后，我会如她所愿。她大叫"好开心"，紧紧贴着我，吻遍我的全身。

"我会真的相信你说的哦！你不会骗我的，对吧？"她的那双泪眼直勾勾地看着我。因为哭得太厉害，整张脸都肿了，还很红。我第一次看到她的这副模样。

"你放心吧。"我回答，因为当时不得不这么回答。我猜大部分男人在同样的情况下都会说出同样的承诺。

良子这才告诉我关于她自己的事。开口前，还叫我听了之后不要太吃惊，不要讨厌她，如果我违背刚才的誓言，她就去死。

"其实我有丈夫。"刚听到这句话时，我怀疑自己的耳朵出了问题，茫然地看着她动着嘴。

"对不起，之前一直瞒着你。但是对你，我真的说不出口。因为我喜欢你……但其实就算和你之间什么都没有，也没法说出口。"

"那个人现在在干吗？"

"你不要太吃惊！你千万别抛弃我！"她反复说着，然后又开始流泪，终于她向我道出了那个秘密，"我丈夫在监狱里。"

"啊？"

"你看，你已经吃惊了，看我的眼神都变了！"她再次扑到我怀里，一个劲儿地往我身上蹭。

"知道了，知道了……你丈夫什么时候会被放出来？"

"一周以后……今天早上，我收到从仙台寄来的信，让我上午十点去接他。"

我哑口无言，内心犹如狂风暴雨肆虐不停。"你会去吗？"

"没办法，不听他的话，我会被他打得半死。"

"你丈夫因为什么而入狱？"

"恐吓伤害。"

"什么？"

"我和他结婚前不知道他是那样的人，都怪我错信媒人的胡说。那已经是五年前的事了，那年我才十九岁。媒人说我丈夫家里是开杂货铺的，我就信了。"

她一边说，一边像个孩子般抽泣。

"婚后三个月，他还算老实，之后就经常出去，夜里很晚才回家。杂货铺完全是我一个人在打理。半年后我才知道他一直出入赌场。我当时真的非常震惊，非常难过。我一说要分手，他就发了疯似的揍我、踢我，还挥着匕首发狠地说，如果我敢离开他，他就会要了我的命。"

"……"

"我求他别再赌了，但他就是不听。我很想逃，但又害怕他的威胁。现在想来，当时没勇气是因为我还太年轻，害怕无论逃到哪里丈夫都会找到我。我觉得他就是这样的人。结果，因为他赌博，杂货店盘给了别人，生活日益贫苦。在赌场，他逼人家借钱给他，结果用匕首刺伤了对方……"

我知道自己已经面色如纸。

"他被判了五年，关进了仙台的监狱。那时候，在出发去仙台前，我最后一次探视时他对我说，要是我趁他不在的时候背着他找男人或是逃走，他一定不会放过我。他还让我一定要记住他的话……"

"五年已经到了？"我有些喘气地问。

"他提前一年出狱。我完全没想到会这样。我觉得自己的不幸是自己造成的，真的觉得很可悲。但自从遇到了你，我有一种得救的感觉。就算被他杀了，我也毫无遗憾。"

我再一次说不出话来。

"但我还想再多活几天。我还年轻，再多活一年、半年、三个月也好。我希望每天都和你在一起……我已经说出我全部的秘密了。对不起，这么晚才告诉你，但我之前真的没法说出口，因为心里真的非常难受。现在虽然也很痛苦，但感觉已经如释重负。"

我在回去的路上忧郁不已。这天正好接近满月，可以看到阴历十三的月亮。每次都经过的田地，在苍茫的、淡淡的月光下变得朦胧、模糊，树丛的影子像涂了墨似的洒落在地上。从树影到月光，从月光到树影，变化多端、无限美好的武藏野之夜，从未像此刻看起来如此不吉利。

我觉得自己就是个傻瓜，被那个女人弄得神魂颠倒，已经没法再回头了。良子是认真的，她把我那暧昧的回答当了真，而且她背后还有个因为恐吓伤害而入狱的、凶神恶煞一样的丈夫。我今后到底该怎么办才好？

良子说，在她丈夫出狱前，希望我能替她找个房子躲起来。但我觉得，她那执念很深的丈夫就算人在监狱，一旦得知妻子变心不知所踪后，一定会拼了命地追查她的去向。就算一时半会儿找不到，总有一天会被他发现。

良子的丈夫应该很爱她，才会说如果她敢逃就杀了她之类威胁她的话，他不想放她走。正因为他在与世隔绝的监狱里长期受拘禁，所以一旦发现良子背叛他，一定会加倍发怒。之后，他也会发现我的存在。

那时候我会怎样？

——凶恶的前科犯说不定会拿着匕首来追我，也许还会气急败坏地冲到我家里。他越是爱良子，就越是没法用钱来摆平。我妻子也会知道这件事，妻子的父亲也会知道。妻子会离我远去，她本来就是个倔脾气。

这场骚动还会被我任职机关的同事知道，那些同事们巴不得幸灾乐祸地看我笑话。上级或同事稍微受点伤，他们就会在心里拍手叫好，在机关里做事的人都是这样。要是被大家知道我和那种有前科丈夫的女人在一起，那么我的仕途肯定完蛋，岳父也会不再管我。

好不容易当上了科长，这事儿怎么来得那么不走运。那一晚，我一夜没睡，痛苦难当。

三

比起和她在一起的未来，我终于还是选择了现在。再过一周，她那个凶恶的丈夫就要出狱，在此之前，我必须解决掉她。

所幸，还没有别人知道我和她的关系，她家周围的人也都没注意到。这件事我向她确认过很多次。

刚开始的时候，我们只是在车站偶遇，在电车里说话，别的什么都没有做。这种司空见惯的情形谁都不会在意，特别是在挤满人的电车里，谁会注意和她说话的人是谁？我必须充分利用这个有利条件。现在，她的交友圈里没人知道我的存在。

接着我得考虑杀人方法。我想了很多，比如下药或勒死，这两种方法最简单。不能用刀，这在犯罪实例中缺点最多。

我有很多机会可给她下药或者勒死她。她很听我的话，只要给她一杯掺了氰化钾的啤酒就行。如果想勒死她，可以趁她毫无防备地躺在我身上的时候。

问题是场所。

一开始我想过在她家动手，但仔细想来这有点困难。她一个人住，周围邻居也离得较远，这本来是个有利条件。但警方出动的时候，一定会在周边展开细致的调查，就算不是如此，也会有目击者努力唤醒回忆。

那条小路虽然寂静，但偶尔还是会有车辆来往；虽然少，但还是有人会走那条路，说不定会有农家跳出来说看到过我。

而且还有可能发生不幸，比如我杀完她出门的时候正好遇到路人。也不是没可能，我必须避开这种危险。

那我该怎么办？

结果我选择了把她带到远处再杀死她。这么一来，罪行就可以无人知晓。为此，我得找一个偏僻的地方。

我考虑了很多地方，结果选择了信州。从东京到信州可以当天来回，那里有很多山，非常适合我动手。

我对长野县有些了解。学生时代曾去那里爬过山，至今还有依稀的记忆。我买来长野县的地图，悄悄地进行调查。

一早从东京出发，到达当地后，等到天黑把她杀死，然后再坐晚上的列车回来，这是我的第一方案。如果在当地住宿，估计会被警方查出来，那样太危险。

我打算在山里动手，这样至少两三天后才会被人发现尸体。如果运气好，拖一周都有可能。所以就算我那天夜里坐车回来，车站和车上的人也不会记得我。如果住店，就会有住宿登记，还会有掌柜的或服务员记住我，那样不妥。

我在脑子里盘算了一下，还是决定选择中央线。我查了一下列车时刻表，发现最远可以坐到松本市。如果不坐到终点站，就可以在上诹访地区下车，但那里人口密集，有很多东京人去那里泡温泉，是我最应该避开的地方。最后，我选择了富士见站。

在这里上下车的乘客不多也不少。附近有八岳风景区，只要进入那里的原始森林，尸体就不可能很快被人发现。而且，富士见有高原疗养所和供人郊游的场所，男女同行走在路上也不会引人注意。

我实施了自己的计划。这天是周日——我犹豫过，到底把犯罪日选在周日还是工作日。虽然周日外出的人会比较多，但如果选了工作日，警察调查的时候很容易查到我哪天请假没去上班。所以我最后还是选了休息日。

周六晚上，我去良子家，约她第二天去信州玩。这天，距离她丈夫从仙台的监狱出来还有三天。

她听后，自然是喜不自胜。

"我们从东京出发的时候，担心被人看到，所以我们分头行动。你先出发，在富士见站等我。我坐晚一班的列车过去。"

她希望可以坐同一班列车的不同车厢，但我说还是要以防万一，并说服她接受我的安排。

我觉得如果去太早也不好，因为那样一来，就得等很长时间才能到晚上。我们两个人在一起的时间越长，就越容易被人发现。最理想的就是约在傍晚见面，但那样可能会让她生疑。

我查过列车时刻表，决定让她坐两点半的列车，而我则坐晚一些、四点多发车的列车。我们说好到达富士见站后再见面。因为快车不停靠这一站，所以只能选普通列车。这么一来，从东京直接坐到富士见的乘客会很少，对我来说反而更安全。

我到达富士见站后，看到良子在等候室的一角不起眼地坐着。我给她使了个眼色，她默默地跟在我后面。我故意加快脚步，想要拉大和她的距离。她似乎也看出了我的顾虑，所以并没有加快脚步走到我身边。

我们穿过车站西侧的道口，周围的商店街和住家越来越少。这里和茅野一样，有很多制作寒天①的店家。

我本打算前往八岳，但一想到山脚下的原野上游人太少，只有我们两个人走的话，会比较惹眼，容易被人发现。于是我临时改变计划，转身朝反方向的西面走去。

走了一会儿，道路变成坡道，不久，就看到了白桦林和屋檐上压着石头的村落。但就算再往前走，看起来远方依然有村落，还有残雪覆盖的釜无山如屏障般挡在前方。

"我们散散步吧。"我说。天真的良子很开心。

本来我应该事先过来一下，查看一下地形。但上班族的悲哀就是没有余暇，特别是因为前几天刚听说她丈夫马上就要出狱，更没余裕来做事前调查。当她心情很

---

① 一种天然多糖胶体，富含膳食纤维。

好地边走边看风景时，我的眼睛一直在搜寻合适的动手地点。

我们登上坡道，来到一处平坦的高地，看着一条通向远方的路，还有其他的村落。但除了一两个骑车的农夫之外，路上并没有行人。我避开村落，朝深山里走去。山体突然变得陡峭。我们走在被人用脚踩出来的小路上，渐渐远离大路。

"我们去哪里？"

"小山顶上的景色据说很好。你的脚走累了吧？要不我们先休息一会儿。"

我看中了这里茂密的山林。远远看过去，树木长得非常繁茂。我觉得除了附近的百姓，没人想要进入这座森林。但当我爬上山顶后，却意外地发现山林里的植被很稀落，还可以看到附近的农夫在田里干活。我们必须翻过这个山头，接着再爬一座。

正好那时候，太阳落到高山背后，四周已经早早地被黄昏笼罩。

四

回来后的四五天里，我每天都格外认真地看报纸。

平时我只看大新闻，这次则专找小篇幅的报道。然而，报上完全没有刊登什么女人失踪、在富士见高原的山林中发现被人勒死的尸体之类的报道。我觉得良子一定还在那座白桦与灌木的树林中，一个人静静地横躺着。

用不了多久，她的肉体就会腐烂，腐烂的汁水会慢慢从土面渗透到地下。我想象着从腐烂的肉体里渐渐露出来她的白骨。

五天过去了。

我开始害怕另一件事情——良子的丈夫从仙台监狱放出来了。她的丈夫知道她失踪后，一定会怒发冲冠。他一定想不到良子已经被杀，一定会以为是良子趁他不在时逃跑的。他一定知道妻子讨厌他。他自己长时间不在家，妻子跟别的男人好上了也不是什么稀奇事。我仿佛可以看到这个因为恐吓伤害而入狱的前科犯，杀红了眼似的，朝妻子逃走的地方冲去。

他会向周围人打听，也会跑去良子公司询问情况。但无论他去哪里寻找，都不会找到我的头上。天地间没有其他人知道良子和我的关系。警察调查的时候也一样。换言之，被害人的身边没有我这个人的存在。这么一来，真凶永远会是个谜。

我有些担心等报上登出消息后他就会来找我，但几天之后，这样的担忧就变淡了。虽然还是不能掉以轻心，但总觉得应该没事了。

我每天都去机关上班，坐在科长的椅子上非常愉快。大家都期待我平步青云，对我的态度也和以前不一样了。当然，因为我现在成了科长，竞争对手也成了科长级的。但我一点都不怕竞争对手，我有自信可以击败他们。

能够对工作充满热情和斗志是一件多么幸福的事，我绝对不能放弃这样的现在。回想当初，我差一点因为一时疏忽而断送前程，而现在，我已经成功地逃过一劫。

我依旧关注报纸，但还是没有发现相关报道。良子的丈夫也没有出现。

她的丈夫当然不会找到我，但发现良子尸体的新闻为何还没见报？渐渐地，我开始有点担心起来。

她应该还在草丛中无人知晓地静静躺着。但也可能并非如此。也许有人已经发现她的尸体，当地警方也已经开始行动。然而，那是发生在长野县的案子，东京的中央报纸上不会刊登，毕竟到处都有杀人事件。

如果发现在其他地方被勒死的尸体的身份是东京人，那么就应该在东京的报上出现报道。但良子应该不会被人发现她来自东京，因为所有能证明她身份的东西都被我拿走了。换言之，良子是一具无名尸体。

我没做噩梦。但有一次，我梦见在富士见站下车后，在那个昏暗的等候室里看到她站起身来的情景，但梦中没有之后的进展。我一点都不害怕，也没有不安。我至今都觉得杀了她没什么大不了的，因为我杀她是为了自保。我不能为了那个无聊的女人毁了自己闪耀着玫瑰色光芒的锦绣前程。

然而，我还是有点在意。杀人之后想知道后续情况，这是很正常的心理吧？但我又不能傻乎乎地跑到富士见站去确认，那样做太危险了。

我想到一个办法。虽然科室不同，但我所在的机关有一个部门可以看到全国各地的报纸，主要的地方报纸肯定会有存档。但我没什么理由，怎么去问他们要长野县的报纸呢？如果直接问，肯定会被人怀疑动机。我不能让人对我产生怀疑。

终于，我想到一条妙计。我声称通过广告公司在地方报纸上刊登了招聘启事，给家里招女佣。我对那个部门的人说想确认一下广告是否登出来了。

从这个月的月初开始的长野县的报纸被装订在一起。

我从那个周日之后的次日开始查找。周一的没有，那是当然，因为时间太早。周二也没有。我一直查到当天的报纸，始终没有看到山林中发现女尸的报道。

我终于安下心来。良子的肉体果然仍在那片土地上慢慢地液化，之后则会变成一堆白骨。那里的地面很潮湿，上面还有大片枝叶遮挡，几乎照不到阳光。据说在那样的地方，尸体腐烂得特别快。

然而，我想再从头看一下那些报纸。我怕自己刚才看漏了。于是我又从头到尾看了一遍，依然没有。这下，巨大的安心感占据了我的心头。

看这些地方报纸的时候，我发现和东京的中央报纸不同——地方报纸上的报道都很有趣。我以一名普通读者的心态重新挑了几则刚才有印象的报道开始翻阅。正好是午休时间，不用干活。

这时，一个小专栏突然闯入我的视线。中央报纸上也会有这种专栏，就在社会版的左角，一块豆腐干大小的篇幅。

△三日前，上诹访市××町咖啡馆"ELM"里出现了一名新来的服务员，是个二十二三岁的老实姑娘（？），事实上，这名服务员完全不记得自己怎么来到"ELM"的。

△据咖啡馆老板娘介绍，这个姑娘四天前突然出现在店内，求老板娘雇她干活。老板娘问了她很多事，但

她似乎已经丧失记忆。她不知道自己从何而来，也不记得自己坐过什么车，只知道自己在中央线的途中换乘过，恍恍惚惚地在上诹访站下了车，看到一家咖啡馆就冲了进来。

△老板娘说会保护这个姑娘直到她恢复记忆。这个姑娘说话没有地方上的口音，估计来自东京。现在老板娘给她暂时取名叫"留美子"，让她在店里干活。

△留美子在这里为客人端咖啡，服务热情。她暂时依靠老板娘生活。大家都在议论，不知她究竟何时会恢复记忆。

我有一种被雷劈了的感觉。

我久久地都盯着报上的这段文字，长时间的注视甚至让我的视觉变得模糊。我的内心正在剧烈地悸动。

这是怎么回事？难道良子死而复生？

我对自己反复说这不可能。是我的这双手用绳子套住她的脖子，用力把她勒死的。我还亲眼看着她发生了象征着死前最后体征的痉挛。她怎么可能死而复生！

我深信这篇报道中提到的留美子就是良子，记忆丧失也许是我的行凶让她过度震惊而导致的。

我勒她是在夜里，也许是黎明的寒冷和夜里的露水让她又活过来了，然后摇摇晃晃地按原路返回，从富士见站坐上火车。虽然她丧失了大部分的记忆，但她可以沿原路返回到富士见站，说明她仍有一点依稀的印象，因为那是她假死状态之前刚刚走过的路。

然而，到了富士见站后，她弄不清往哪个方向可以回东京。她当时肯定神志不清，于是随便坐上了下行的列车。列车到达上诹访站后，因为这里有很多人下车，她就跟着人流下了车。

虽然丧失了记忆，但现在像个普通人一样好好活着。她当时肯定一下车就犯愁，不知道该怎么生活。一个女人如果单身住外地旅店，一定很危险，而一个女人能最快找到的工作就是做咖啡馆的服务员。也许当时"ELM"的门口刚巧挂着招聘服务员的启事，她看到招工启事后，茫然地推门而入——

我觉得自己的这番推测基本没错。

问题是今后。良子不可能永远丧失记忆，终有一天，她的记忆会恢复。可怕的就是那个时候。

我的心跳得非常厉害，下午的工作，也完全心不在焉。部下问了我好多事，我都答非所问，弄得部下一脸莫名其妙，他一定在想平日里机灵睿智的科长今天怎么满口胡言。

部长把我叫了过去。聊完公事，部长好像觉得我很可怜，说："你是不是累了？脸色好难看，今天早点回去吧。"

我双手抱住太阳穴看着周围。我的座位就在这间科室的正中央，科长助理和组长在我的正面，背对我而坐，坐在两侧的科员们也都在埋头工作。

啊！我不想离开这个舒服的位子。

逮捕的消息一定会上报，而且是以杀人犯的罪名。所有人都会惊愕、嘲笑，平时视我为眼中钉的人，一定会发出雷鸣般的哄笑声……

五

所幸第二天是周日，我临时对妻子说要去外地出差。

来到上谕访站时，我其实还没下定决心。那篇报道的内容让我确信留美子就是良子，但也有可能是我搞错了。我更希望是我搞错了。但无论是年龄还是她出现在店里的时间，都表明那肯定就是良子。我必须做这场危险的实验。

我还有另一个目的，那才是我真正的计划。

我要在良子恢复记忆前把她从店里带走。她现在就像一个定时炸弹，等她爆炸的时候，我一定会粉身碎骨。我要在那之前处理掉这个炸弹。

经过富士见站的时候，我的视线朝向西侧的深山。虽然从火车车窗的位置其实看不到，但我眼中分明出现了我和良子从山路上走到那个地方的情景。我当时应该再确认一下她是否死亡，这样就不用像现在这么折腾。

我在上诹访站下车，发现这站下去的人果然很多。我在人流中想象着那天良子也是这样下了站台。出站后，我在车站前的广场稍微犹豫了一下，觉得特地打探"ELM"咖啡馆在哪里恐怕会引人怀疑，所以姑且信步而行。从车站向南，一条路直达上诹访的市中心，路两边都是繁华的商业街。

我没费什么工夫就找到了"ELM"咖啡馆，旁边还有一家很大的书店。咖啡馆被打造成山庄风格。

我从店门口走过，但没进去。窗玻璃的反射让我没能看清店里的情况。这家咖啡馆的玻璃窗和其他很多咖啡馆一样，是上下开关的三段式设计。上面的玻璃稍稍打开一点，可以从其缝隙间瞥到里面的情形。

我走过咖啡馆，然后又走了回来。和我预想的一样，我的心跳得非常快。

那个女人真的死而复生了!

——怎么会这样!

我本想直接进店见一下她。如果她真的丧失记忆了,她应该看到我就像看到陌生人。

然而,其中有一个危险,就是丧失记忆的她看到我之后,有可能恢复记忆。

她因为死亡的冲击而丧失记忆,而我正是给了她这种冲击的人。我是她的情人,也是杀人犯。

因为这两个理由,我踌躇不前。我在店门口徘徊了很久,但并没有引人注意。我决定去隔壁的书店一边假装看书一边思考对策,也许我是在为即将展开的行动寻找勇气。

就在这时,我偶然拿起了那本《万叶集》,偶然读到了那首"暮色苍茫前路暗　心中忐忑难相安……"不由得想到了之前自己往返良子家的那条路。

那个女人现在就在隔壁的咖啡馆里,我必须快点解决她。

我再次反反复复在"ELM"门口徘徊了很久,终于下定决心走进店里。我先听到一个男人的声音说"欢迎光临",故意低着头找了个角落的位子坐下。

我抬起头来,看到良子正在吧台取水,为的就是给我这个刚进店的客人送来。果然是良子，穿的衬衫也和之前的一模一样，只是外面披着的开衫应该是在这里买的。她背对着我，把水杯放到托盘上，然后转身朝我走来。

店里只有负责泡咖啡的白衣中年男人（估计是这家店的主人）和一个十八九岁的女孩。客人也只有坐在另一个角落里背着登山包的三名年轻人，他们正在围着地图讨论。

这时候，我的心都快吊到嗓子眼了。良子朝我正面走来。"欢迎光临。"这就是良子的声音。

她把水杯放到我面前："请问您想点什么？"这声音让人感觉她已经在这里做得很熟练。我鼓起勇气说："给我一杯咖啡。"

这是她听过的我的声音。事实上，她即使没看到我，光听声音就应该知道是我。

"好的。"良子坦然地回到吧台。我们还不曾正面对视，但至少她没听出我的声音。

我预想到可能会有危险，所以特地换了一身衣服过来。我在想她怎么就认不出我了呢？看来是真的丧失记忆。我稍稍放下心来，但还是忧心。

店主开始冲泡咖啡。仍由良子为我送过来。这一次，我正面看着她，她也看了看我。那几秒钟简直让我快要窒息，手脚也全都僵硬了。

她的脸上带着微笑，在她还是我的情人时曾对我露出过的那种微笑。我感觉她下一秒就会开口喊我"亲爱的"。我非常害怕，差点忍不住主动叫她。

然而，警报解除，良子无动于衷地在我面前放下咖啡、砂糖和奶。手法已经很熟练。我看到她白皙的手臂，那是多少次曾与我静静相拥的手臂啊。她的侧脸、脖颈和小腿也都是我熟悉的身体部位。

她轻轻低头致意后转身离开，然后坐到了音乐播放机的旁边，在那里和店主聊着闲话，一只脚垂了下来，晃来晃去。她没再看我。她把我完全当成一个陌生的客人。

我忘了要去拿眼前的咖啡杯，茫然地望着她——在那个有些昏暗的角落，她那白皙的面容和双手。她开衫里面的衬衫和裙子，都是那天我们一起去山里时的穿着，也是她曾在我身体下激烈挣扎时的穿着。

我慢慢地喝着咖啡。良子已经彻底不认识我了。这时，她正在和别的年轻女孩小声聊天。年轻的女孩不知道对她说了什么，惹得她眼角泛起微笑，不停地点头。

这到底是怎么回事？真的是现实吗？

我喝完咖啡，向她举手示意。她很快就跑来我这桌。她的眼里已经没有那个作为情人的我，而是作为一个普通客人的我。

"抱歉，再给我一杯红茶。"我的声音依然有点颤抖。

"好的。"她不经意间瞄了我一眼。我瞬间仿佛呼吸暂停。她的眼神里有一点怀疑，似乎觉得喝完咖啡马上喝红茶的客人很少见。

那一眼，真的看得我好害怕。

但之后，她又好像满不在乎似的把红茶送到我的桌上。我非常紧张，忍不住呼了一口气。

六

我一直在想，有什么办法可以把她叫出去。终于，我想到了一个办法。

我撕下笔记本上的一页纸写了几个字，然后对良子招手说："请过来一下。"良子面无表情地走到我这个客人面前，脸上依然毫无异样。

"能帮我换些零钱吗？"我说着从钱包里掏出一张五千面额的日币。

"好的。"良子朝吧台走去，然后换了五张一千日元的纸币回来给我。这时，我迅速把纸条塞到她手里。她一下子露出了异样的表情，但那只是因为见到一个举止奇怪的客人而单纯地感到惊讶而已。

我离开咖啡馆朝车站走去，然后在车站的一角开始抽烟。我期待着良子出现在街角。在那张纸条上，我是这么写的："只有我知道你的来历。我想帮你回到原来的世界。如果你也想，请马上去车站前找我……请不要将此事告诉'ELM'的老板夫妇。我想尽早帮你回去，和我一起回东京吧。东京才是你以前生活的地方。"

我估计良子有一半可能会来。她应该会相信。我不知道她是否想知道以前的自己，也不知道她是否想回以前的地方。但她看完纸条肯定会心动，我相信她一定会来。

然而，也可能会有反作用。那张纸上写的话会让她产生不安。所以她可能会告诉"ELM"的店主夫妇。那样我就没法成功。还有，她来的时候可能带着老板或老板娘一起过来，那么我肯定会怕得赶紧逃走。

我在内心的天平上放上成功和失败的筹码，决定赌这一把。我时常会这样做。

终于，良子来了，而且是一个人来的。

但我依然没有放松警惕。因为我想到可能会有人尾随在她身后。良子看到我，鞠了一躬，手里什么都没拿。她本来就没有行李，那时候因为害怕被人发现她的身份，我把她的包都拿走了。

确认没人跟着她之后，我觉得自己这把赌赢了。

"我刚才看了纸条。你说的都是真的吗？"良子在我身边歪着脑袋问，眉头紧锁的模样正是我熟知的那个良子。

"我很吃惊，"我就像在对外人说话一样，"我在东京看到了报道你的报纸，当时就猜可能是你，过来一看还真是。"

"是吗？"她瞪大了眼睛。她的凝视让我有些害怕，我觉得她已经看穿我，现在只是在演戏。

"我原来住在东京？"

"是的，而且离我家很近。"

"拜托你，请把我带回去，"她比我以为还要急切，"我实在想不起来了，自己都讨厌自己。回去后肯定能找回原来的生活。请一定带我回去。"

"好的。但'ELM'怎么办？"

"我现在过去向老板娘道个谢就回来。"

"那有点麻烦，"我强调地说，"咖啡馆的老板娘确实对你有恩，但我觉得丧失记忆之后的人际关系最好还是断了。你就把自己当作是来这里旅行的，而且真的没时间了。如果你相信我的话，马上跟我上车走吧。"

她脸上的表情显得非常犹豫。

"你仔细想想，如果你现在回去和老板娘说，她就会对周围人说，那么你的身份就会被大家知道，很快就会上报。有些好事之徒说不定还会特地跑去东京找你，是不是？你应该不想被人骚扰吧？"

我的说服很奏效，她终于点头同意。

回去的火车上，我一路都觉得很奇妙。我居然和自己亲手"勒死"的女人坐在一起，而且两个人就像陌生人那样彬彬有礼。她还故意坐得离我很远。我给她买了盒饭让她吃，又买了茶水让她喝。她每次都客气地向我道谢。这时候，我清清楚楚地看到她白皙的脖子上完全没有被勒过的痕迹！

这到底是怎么一回事？我和良子完全回到了原点。我曾在东京郊外的车站前向她搭讪，在拥挤的电车里与她闲聊——现在仿佛又回到了当时的状态。

我觉得很神奇。她的脸和她的手，明明之前在我怀里被我捏了又捏，而现在同一张脸，却好像初次见面时那样充满了对男人的羞耻和想要保持距离的疏离感。在我看起来，现在的她是如此新鲜。我觉得曾经和她共度的爱欲生活、曾经在富士见的深山里将其勒死的过往，都好像谎言一般。

我必须考虑接下去的措施。

我其实打算把她带到东京附近某个地方，再一次将其干掉。我还想象当我再次试图勒死她的时候，她会不会因为刺激过大而瞬间恢复记忆。然而，随着列车越来越接近东京，我越来越明白，第二次下手真的好难。而且我没有力气再把她拽回深山。最让我吃惊的是她带给我的新鲜感。

列车开到甲府附近的时候，天开始变黑。我突然下了决心。"就在这里下车吧。"

"啊？"她一瞬间吃惊地看着我，"我们不是回东京吗？"

"总之先下去，再详细对你说。"

我们在甲府站下车后，听了在车站前拉客的温泉旅馆员工的介绍，坐上一辆出租车，前往温泉旅馆。

事后想来，她之所以那么听我的话，应该是潜意识里对我仍有一种亲爱的感觉吧。换言之，就算一时没法判断，在她的意识深处，仍想靠近我，仍留存着名为爱的感觉。如果不是这种理由，她怎么可能对一个第一次见面的男人（对丧失记忆的她而言）如此言听计从？

两天后，我把良子安置在川崎市内一间不惹人注意的公寓里。因为我被这个全新的良子完全吸引了。失去了前半生的女人这一次将我牢牢绑住，和记忆丧失前的她已经判若两人。她求爱的方式、爱抚的反应、生活的态度完全不是以前那个良子的模样，连说话方式也完全变了，举手投足都不一样。在我面前，她就像一个只有长相相似的另一个女人。

　　对我最有利的是她不知道我的真实身份。我告诉了她假的名字和单位。这样一来，她就不会逼着要和我同居或结婚。还有她那个可怕的丈夫，我们也都不用再去理会。那个担惊受怕的良子不复存在，现在的她是新鲜的、生动的，对我来说就像最初的女人一样。事先声明，这第二次恋爱，并非对差点杀死她而进行的赎罪。

　　我没让她回到武藏野那个破旧的家，首先是担心她丈夫可能会回去找她，但还有其他原因。我怕她回到那个家，因为那是她长久以来居住过的地方，很可能会因为某个契机令她突然恢复记忆。

　　选择川崎市也是为了躲开她丈夫的追踪。我选了一个周围人猜不到和我有什么关系的地方。

　　这里和武藏野不同，附近都是别人的眼睛。但也没有问题，因为没人知道我的身份。他们只会以为是哪里来的公司科长在这里包养了一个情人，而且我总是选择在夜里去她那里。

良子一开始很怀疑这是否是她原来的生活，总说记忆里没有这样的感觉。但在我这个"新"恋人的爱意面前，这些疑问被她抛到了九霄云外。

"我很幸福，"她说，"不管我以前是怎样的，我已经不想知道了。不知来自何方、在上诹访迷离失所的时候，我已经重生了。住在这里的、现在的我非常幸福。我已经不想再知道什么过去了。我反而觉得背负着过去不幸记忆的人更可怜。"

我觉得她短时间内不会恢复记忆，也许一辈子都不会。我每个月都会去公寓看她。

有一次，我出差去了东北，回东京后马上去川崎见她。然而，良子不见了。

七

两年后。

我在与同事的派别争斗中惨败。不得不为没用部下的过失承担责任，并因此被贬迁至其他部门。那个部门与地方公共团体有着密切的联系。

这一年的早春，我出差到了木曾地区，视察地方公共团体经营的某项事业。说实话，这差事不太对我的胃口。因为被踢出了发迹之道，就算看着山川美景，也难消心头寂寞。所以这次的视察，我只是装装样子。

当地的相关人士看到我敷衍的样子还挺高兴，以为我是为了体谅他们而故意放水。

"科长，既然您这么快结束了视察，我们在福岛的料理屋准备了薄酒，请您一定赏脸……我们都准备好了，大家正摩拳擦掌地等着您去呢。"

"你们打算拿我开刀？"

"科长真会说笑。是我愚钝，用词不当。总之今晚本地的艺人会为您奉上正宗的木曾节歌舞，请一定赏光前去欣赏。"

从视察的场地去福岛，路上非常远，需要坐一个小时的车。

木曾的路上全是山与溪谷。山谷之间有很多林间小路。稍稍宽敞一点的地方，可以看到伐木堆小山。

就在我所乘坐的汽车开过这一带的时候，我突然看到一个背着孩子的女人，就在车旁，正向木材放置场走去。那里有供伐木工及其家属吃住的小木屋，屋外的杆子上还晒着尿布。

我简直不敢相信自己的眼睛。那个女人就是良子！我不可能认错，她正在和另一个女人站着说话。

"停一下。"我突然对司机说。

"怎么了？"坐在我身旁的公共团体负责人不可思议地看着我问。

"哦，景色太美了。"我嘴上这么说着，眼睛却一直看着良子的侧脸。虽然看起来很憔悴，但没错就是她。她说话时的嘴角非常有特点。

更让我感到奇异的是她背上熟睡的孩子，看起来应该才两岁。因为被裹在背娃带里，所以看不清脸。不管是背娃带还是良子身上穿的男式裤子，看上去都很寒碜。

"那位妇人是这里工人的妻子吗？"我强忍住声音里的颤抖。

"哪个？"公共团体的负责人朝车窗外看去，"哦，是的，"他点点头说，"那几个都是林业局现场工作人员的家属。"

从车停的位置到良子所站的位置，大概有一百米远。但我能清楚地看到那张脸。

"靠近我们这边的那个，就是背着孩子的那个，看上去倒有点城里人的感觉。她是本地人吗？"

"哦，那个女人啊……不愧是科长，火眼金睛。"

"什么意思？"

"您猜得没错，那个女人是东京人，两年前，夫妇俩一起来这里干活。"

"夫妇？"

"她丈夫身体很好，帮忙搬运山上砍的木材。"

"……"

"人倒是不坏，就是喝了酒就会发疯，大家都躲着他，而且最近越来越严重。他老婆也是命苦，操劳得不得了。从东京来的时候，肚子里已经有娃了。"

公共团体的负责人说明情况的时候，看到我明显异样的眼神，忍不住问："怎么了？"

"没……没什么，这里倒是什么人都有啊。"说完，我让司机开车。

良子始终没朝我这边看。

两年前的那个疑问瞬间解开。她离开公寓的时候并非一个人，那个从监狱里放出来的丈夫终于还是找到了她，并把她强行带走。

——那时候，我问过公寓的人，但没人说见她搬家。事实上，房间里的家具和物品全都原封不动。晚饭也做好了，放着没吃。现在想来，一定是她丈夫在傍晚时分找到她，直接把她拉走了。

我的内心有一股难以名状的感慨，但仍有一个疑问没有解开。良子是否至今仍记忆丧失？她和丈夫在一起的两年里，难道一次都没有回想起过去？如果她的记忆还没有恢复，那么她的丈夫对她来说应该也是个陌生人。

　　她背上的孩子到底是谁的？

　　那个孩子如果才一岁多，就肯定是她丈夫的。但两年前她来到这里的时候已经怀孕，所以那是我的孩子。

　　如果真是这样，她丈夫居然会原谅她？虽然他对她很痴迷，但怎么能容忍怀着别的男人孩子的女人待在身边？

　　难道她丈夫和我有一样的感觉？换言之，他也从良子身上感受到了一种前所未有的新鲜滋味。良子原本就是他最爱的老婆，所以虽然怀着别人的孩子，他依然选择不放手。

　　木曾的天黑得特别早，苍茫昏暗的天空一角挂着一轮明月。

　　我的双手曾经想要勒死良子。她曾在我的手中出现死前的痉挛。她是我一度"杀死"过的女人。离开我的时候，她已经怀了我的骨肉。这是她对我最强烈的报仇，这个孩子会成为我这一生的良心负担。

因为贫穷的生活和发酒疯的父亲，那个孩子将不断受苦受难——良子她到底会不会从丧失记忆的状态中恢复过来？

车子在山峡中继续行驶。公共团体的负责人在一旁嘀嘀咕咕说个不停，我却什么都听不见。道路在山峡深处显得非常昏暗，到了开阔处则被月光照亮。车子就这样一路忐忑地向前行驶。

影

1

在伯备线（冈山—米子）的途中，从靠近中国 ^① 山脉的新见镇向东，正对着作州津山，有一个叫胜山的小镇。

从此处向北十二公里的山麓下，有一个叫 U 的温泉。那是险峻山峡之下的一个小村子，一旁流过的麻川带来溪谷之美。秋天，从冈山、鸟取的南北两个方向都会有众多游客前来观赏红叶。

然而，这里的交通非常不便。距离山阳、山阴两条总线都很远，就算换乘伯备线，也必须再换乘另一趟车。这种麻烦让很多人望而却步。会在红叶观赏期特地从关西来到这里的人不是特别熟悉地理就是已经看腻其他名胜。

除了秋天的红叶，六月的新绿也很美，但游客人数

---

① 此处的中国指位于日本本州岛的区域概念，包括鸟取县、岛根县、冈山县、广岛县、山口县等五个县。

会少很多。其他时段，这里的旅馆全都冷冷清清的，没什么生意。特别是冬天，因为大雪封路，大巴开不进来。

在淡季来到这里的人，大多是来看山林的木材商，或是与水坝相关的电力公司职员。

三月末，雪终于融化。山峡上开满梅花与桃花。

这天，七间温泉旅馆之一的山川屋来了一位老人，是乘坐从胜山开出的末班车来到这里的。他穿着陈旧的大衣，感觉应该是他在年轻时买的，格子的款式和颜色都很花哨，但衣领和下摆已经磨旧。因为现在是淡季，所以服务员给了老人这里最大的房间。

他手里提着的包也很旧，大衣里面的西装也褪了色。

老人眺望渐渐日暮的屋外，山上薄霞缭绕，溪流泛着白光。"这地方真美。"他对服务员称赞道。

听他的口音，并非那些常来这里的关西人，而是来自东京的客人，言谈举止很有气质。当然，他不是木材商，也不是电力公司的人。但如果想观景，现在又还太早。没人知道他是来干什么的。

服务员告诉他三种价位的晚餐后，老人有些面露难色地选了最便宜的那一种。

服务员走下楼梯，把客人写下的登记信息拿给坐在账房里的老板娘看。

"好久没见过东京来的客人了。"

登记信息里写的是"东京市杉并区善福寺××番地笠间久一郎六十五岁"。虽然是用铅笔写的，但看得出来他写这些字应该很顺手。在职业一栏里，他写的"作家"两个字引起了老板娘的注意。

"他是小说家吗？"老板娘问服务员。

"看起来蛮斯文的，"服务员讲述对客人的印象，"老板娘，有叫笠间的小说家吗？"

虽然是在深山里，但报纸和周刊都会定期送来。不过"笠间"这名字似乎没在这些刊物的小说专栏上出现过。

"不知道，"老板娘歪了歪脑袋对服务员说，"我去问问掌柜的，也许他知道。"这家旅馆的掌柜本来就是写小说的。

老板娘从昏暗的账房站起身走向里屋。

旅馆的男主人是入赘的女婿，入赘时已经四十五六岁了。老板娘的前夫死后第十年，他曾作为客人来这里住宿。

"老公，"老板娘坐在正半躺着看旧杂志的丈夫身边，把登记信息给他看，"你知不知道这个小说家？"

宇田道夫是掌柜的名字。老板娘是本地人，丈夫则是东京人。"小说家？让我看看。"掌柜的放下杂志，拿起铅笔字写的登记信息看。突然，他的眼里闪出异样的光芒。

"真难得！"他不由得叹了口气，凝视着那个名字。

"这位客人真的是小说家？"

"嗯，以前还很出名。"

"以前？是你年轻的时候吗？"

"跟你说了你也不懂。"

笠间久一郎，二十四五年前曾风靡一时，还曾同时创作多部作品，分别发表在三份报纸和两份月刊杂志上。

但不只是老板娘，连现在的年轻人都已经几乎不知道他是谁了。"他现在是干什么的？"掌柜的问道。

"刚才阿光说，给他送晚饭去的时候，看到他一直在发呆，一点都不像小说家。"

老板娘离开后，宇田道夫依旧拿着客人的登记信息呆呆地坐着。

屋外的玻璃门倒映出对面英龙馆的灯光，看得人有些晃眼。空气中飘着淡淡的雾。英龙馆是这一带最大的旅馆，相比之下，山川屋显得很寒碜。宇田也想把自己的旅馆翻新一下，但又没什么闲钱。

从笠间久一郎选了便宜的旅店和最便宜的晚餐来

看，即便还没见到他，宇田道夫也能大概猜到他现在的处境。

山里的日暮特别早。此刻，屋外已经漆黑一片。宇田道夫觉得有点冷，于是拉上了门。他有些坐不住，犹豫着该不该现在就去二楼见一下笠间久一郎。他觉得现在的自己不够体面，见到故人难免尴尬。

服务员走了进来，宇田这才如梦方醒。

"二楼的客人在干吗？"

"吃完饭，一边抽烟一边发呆。"

"他穿戴怎样？"

"不怎么样。大衣和西服的领子全都已经磨白……掌柜的，那人真的是小说家？"

"怎么说呢。"宇田道夫扭过头去。果然和他猜想的一样，笠间久一郎现在非常落魄。

这个名字真的很久没听到了。那件事之后，宇田不知道他是生是死。虽然有时候也会想起他，但只在遥想往昔时。

没想到现在他本人居然突然出现在这里。当然，他应该不知道这家店的掌柜就是宇田道夫。宇田抱着花白的寸头，继续抽着已经变短的香烟。

2

二十五六年前。

当时宇田道夫住在东京池袋附近。那时的池袋并非如今充满活力、集各大终点站和百货店于一身的热闹地段，当时，从护国寺附近到车站，全是杂木林。

宇田道夫当时一心想当作家。大学毕业已经七八年，隶属于某同人杂志，圈内对他的作品虽然称许，但从这份同人杂志出来的作家在文坛一直处于看着别人发光发亮的配角地位。

大家都在努力，希望某一天，文坛中人会赏识自己，但幸福往往没有那么容易到手。

他虽然曾被评论家夸奖过两次，但并没有编辑因此主动找他约稿。他觉得才能不如己的人已经在文坛享有一席之地，似乎只有自己一直没有好运气。

曾有过一次，他的稿子被文艺杂志《R》刊登出来。那是他央求前辈之后好不容易才获得的机会。但作品刊登出来之后，并没有产生他所期待的反响。

但宇田仍没有放弃文学，他住在肮脏的小旅馆里，把能当的物品全都当了，艰苦地度日。对他发表在《R》

杂志上的作品有过称许的，是当时的责任编辑江木。他曾夸宇田很聪明。

但之后，他就与那本杂志再无缘分。

他曾翘首期盼，以为幸运即将降临。能不能在文坛崭露头角，运气非常重要，同时必须无条件地相信自己的才能。

一天，《R》杂志的编辑江木意外地来到宇田居住的小旅馆找他，当时距离他的作品被刊登出来已经过去了一年。对方还没开口，宇田就已经有些迫不及待，两眼放光。他觉得之前是自己投稿求发表，现在是对方主动来约稿。

这一次，江木完全没了从前高高在上的态度，变得对宇田点头哈腰。

"宇田先生，其实这次我来是有事相求。"江木的脸上全是讨好的微笑。

"什么事？"

宇田的内心扑通乱跳。他以为是文坛上某位权威人士肯定了自己的小说，所以编辑主动来找他求稿。除此以外，他想不到别的理由。他和江木自从上一次稿子刊登出来之后就再也没见面，连电话都没通通过。

"其实，我换了个部门。"江木拿出他的新名片。看职务，虽然仍在同一家出版社，但现在转到了通俗杂志部。

宇田用手指捏着江木的名片，呆呆地有些失望。"你知道笠间久一郎这位作家吗？"江木问。

"知道。当然，我们不认识。但因为他很有名，所以我知道他的名字。"

笠间久一郎现在是极具人气的作家，专门写历史小说。四五年前还不怎么出名，但一篇描写江户时代的市井小说让他一夜成名，人气急升，成了各大出版社争抢的红人。现在他为报纸写连载小说，还同时为三本通俗杂志供稿。

"笠间先生看了你的小说后，非常欣赏。"

"是吗？"

"这么说也许有些奇怪，但笠间以前和 A 氏、K 氏、S 氏……"江木报出当今文坛响当当的几位人物，"属于一个圈子，作为非常有文学造诣的新进作家，比一般的通俗作家更具敏锐的观察力。他也正是因此而成为如今的通俗文学大家，我自己非常佩服他。"

"原来如此。"虽然嘴上这么说，但宇田心里并不怎么高兴。如果自己是被正统的文学家赞扬，那肯定会乐开了花。但被写通俗作品的流行作家笠间久一郎夸奖，那种喜悦被冲淡了很多。

江木一下子就看出了宇田的心思："我知道你对文学很执着，这样很好。但抱歉，说句不好听的，以你现在的水平，很难被文坛认可。我们做编辑的见过太多，你要相信我。"

就算江木不说，宇田自己也心知肚明。

"所谓十年磨一剑，"江木继续说，"要熬十年这件事本身就已经非常困难。大部分文学青年之所以最终会放弃，都是为生活所迫。在我认识的人里，虽然很有才华但没法靠文学创作吃饭、只能去西服店跑外勤做销售或是进普通公司而最终放弃文学创作的人，一抓一大把。一开始，他们也打算一边从事其他工作一边学习，但一旦习惯了平凡的生活，就会对学习产生迟钝感。那些曾经很有才华的人，为了生活，最终离开了文坛。这样的事例不胜枚举。"

宇田身边也有不少这样的人。

宇田觉得很奇怪，这个男人今天来究竟干吗？

"宇田先生，在你的文学梦开花结果之前，想不想让日子好过一些？"江木一边抽烟一边说。

3

宇田一时间没明白江木的意思，但转念一想，江木现在任职的部门是通俗杂志，就马上猜到了江木的来意。

开头说笠间夸他之类的，其实只是一种策略。

宇田起初还有些沾沾自喜，但现在心里满是别扭，又带着一些愤慨。但对方还没说出详情，所以他不能贸然发火。

"是啊，您也看到了，我只是一贫如洗的穷书生。有钱当然好，但我不想为钱堕落。"他本以为这么说了，江木就会没法继续开口。但江木一脸平静地说："你说得没错。但就算你吃力地写着你自以为有信心之作，恕我直言，你也不知道那种东西写出来到底会不会有人看，对吗？我认识太多为生活所迫、为生计耗尽才华的新人作家，即使已经登上了文坛也有可能会落入同样的境地。像你这样的，要出头更是难上加难。"

"你到底来找我干什么？"宇田有些发怒地问。

"你别生气。其实我是来告诉你一个好办法，让你在文坛声名大噪之前，先解决生活问题。"

"你想让我为你们的通俗杂志供稿？"

"是的。我看好你。"

"我拒绝。一旦我的名字登上了那种杂志，以后就别想回纯文学圈了。"他愤然说道。

"不是的，"江木笑着安慰道，"你的心情我非常理解，但我可没说在我们杂志上刊登你的名字。你只需要写稿就行。"

"不刊登我的名字？"

"换言之，对你宇田道夫的纯文学之路没有任何妨碍……不会因为通俗杂志而脏了你的名声或让你不能继续从事纯文学。只要用别人的名字发表，对你来说就一点儿影响都没有。而我们给你的稿费甚至会超过给那些新人作家的。你也知道，像《R》那种纯文学杂志，即使是大作家也只能拿到很少的稿费。"

"你想让我用别的名字发表？那也不行。就算是用笔名发表，这个圈子那么小，很快就会被发现，后果和用真名发表没有两样。"

"你说得没错。但我也没说让你用笔名发表。"

"那你的意思是……"

话说到这分上，宇田就算再迟钝也反应过来了——笠间久一郎夸奖了自己的作品。宇田刚想说什么，江木就举起一只手示意他先别开口："没错，你已经猜到了吧？简单来说，就是希望你给笠间做代笔。"

宇田脸色大变，瞪着江木。

江木继续说道："笠间现在正发烧，而他在我们杂志上的那篇连载马上就要交稿。下个月的杂志，后天就是截稿日。可他现在烧到三十九度，根本不可能按时交稿，而我们也不可能让人气正旺的作品暂停更新。他本人非常担心。主编和我一起去他的病床边，商量了好久，结果想到了为他找代笔的主意，这也是不得已而为之。我们想了很多人选，都不太合适。这时，笠间提出一年前在《R》上看到过你的作品，他问我们觉得你怎么样。"

"……"

"我很佩服他平时那么忙居然还看过你的作品，同时又想到有人肯定你，也很为你高兴。主编没看过你的小说，说不知道行不行，担心你写的和笠间写的质量相差太多。但笠间说你可以，主动建议我们让你试一下……你要知道，这可是笠间特地拜托我们的，所以，你要不要写一次试试看？"

"……"

"你不用担心稿费。毕竟你是来救场的，我们会非常感谢你。"

宇田想开口说什么，江木再一次拦住他："当然这种事彼此都得保密。如果被发现，笠间就会很为难。作为交换条件……我既然来找你，就会尽我所能地帮你铺路。我们主编也这么说。你之前发表的那部作品口碑不错，下次再有作品，也请一定投给我们出版社的《R》杂志。我在《R》杂志工作过，和他们的编辑都很熟。甚至我们主编还可以为你去找《R》杂志的主编说好话。"

宇田道夫的心因为江木最后说的那些话彻底乱了方寸。

高额的稿费固然很吸引人，更重要的是，只要接下代笔的活，自己的呕心之作就有可能登上《R》杂志。

据说《R》杂志的主编很厉害，哪怕是中坚作家的作品，都未必能登上这本杂志。圈子里还流传着这样一个故事——目前在文坛有着岿然不动之地位的某位中坚作家，曾在默默无名的时候，某天路经这家出版社的门口。当时他久久地伫立于门前，心中暗暗发誓，有朝一日，自己也要有一张进出证，能随意进出这家出版社，和《R》杂志的主编说上几句话——这对宇田来说一直都是痴心妄想。所以，只要能让他的作品登上《R》杂志，他甚至可以不要稿费。

"我知道了，"宇田之前的愤慨突然转变成了感谢的语气，"但我还有一事担心。笠间写的是江户时代的市井故事，而且笠间最有名的就是他在历史考证方面的细致入微。他的文笔有一种独特的韧劲儿，人物之间的对话也趣味横生。你觉得我能写出他那样的小说吗？"

"这个完全不用担心，"江木不以为然地说，"我们会全力支持你的。你只管写，我们做后援。但我们希望文章的笔触能尽可能地模仿笠间……代笔的时候千万不要暴露自己的个性，就当是为了圆你的文学梦……"

4

宇田道夫同意为笠间做代笔。江木向他介绍了之前的故事情节，宇田将这些内容记在记事本上，然后开始构思之后的发展。

然而，他觉得笠间之前写的那些都很无趣。宇田觉得自己若稍加改动，整部作品的风貌就会有所不同。但自己只是一时的代笔，不能擅自改动，破坏笠间已经作好的整部作品的构思。

于是他打电话给江木请他过来，简单地说完自己的构思，再向江木确认。

"很有意思啊，"江木对他的构思完全赞同，"就这么写吧……之后，整体上会由笠间亲自调整。你的构思很有意思，我很期待。"宇田听了江木的回答，觉得很安心。当然，他还必须模仿笠间的文风。宇田买来笠间的两本小说，将书摊开，放在稿纸旁边，当作参考。

他仔细研究后发现，笠间的小说看似可以分成好几种类型，但从整体来看实属于一个大类，里面再有细分。乍一看好像很复杂，但一旦看破其中的奥秘，就会觉得非常简单。用词也都很单一，只要使用笠间常用的词汇，就可以写出类似的作品。

和自己立志从事的纯文学创作不同，宇田一天一夜就轻松写出三十张稿纸，并能因此得到一笔可观的稿费，对他来说非常现实。为报社连载代笔救场，宇田也算是为编辑江木帮了忙。江木说得很明白，只消如此就有机会登上文艺杂志《R》的华丽舞台。宇田把稿纸揣在怀里，意气风发地赶往出版社。

他对前台说自己是来交稿的，前台把他请进会客室。这个房间非常大，沙发和椅子摆在一角，已经有其他几个人等在那里。宇田自己也曾经在这里坐了很久，只为能见江木一眼。

比宇田早到的那几个人盯着宇田上下打量。他们看起来不是拿着稿件来投稿就是想询问编辑之前送来的稿件到底怎样。会客室的另一角，一位年轻编辑正敲着桌子谈论一名年长作者所写作品的缺点。

这时，江木大步走进门。

"哟，你来了。让你久等了。"他在宇田面前坐下。其他等待的人全都对宇田投来羡慕的眼光，宇田因此有一种自己已经是成功作家的感觉，很是得意。

"已经写完了吧？我拜读一下。"江木开始翻阅宇田带来的稿件。宇田没什么自信，惴惴不安地瞄着江木的表情。

江木以非常快的速度一页一页地看完，感觉中间都没喘过气："真是出乎意外地好啊！"读完，江木抬起头来，眼神里射出满意的光芒。

"非常好。"

"这样就行了？"

"完全没问题，比我预想的还要好，毕竟……"他说到一半，看到周围的人正看着他，"这里说话不方便，我们换个地方吧。"

江木把宇田带到出版社门外的咖啡馆，点了杯咖啡，继续说："真的很佩服，我会马上拿给主编看。我觉得很好，相信主编也会这么认为。我们也会拿给笠间看。但因为时间紧迫，若没什么大问题，就直接就送工厂印刷。这次真是难为你了，谢谢你帮了我的大忙。"

江木由衷地感谢道。

现在想来，这就是宇田与笠间之间缘分的开始。

之后过了二十天，江木来到宇田住的小旅馆，为他送来一袋稿费。看到袋子里钱款的数目，宇田大吃一惊。他没想到会有那么高的稿费。光是这一笔，就够自己开销三个月有余。

江木告诉宇田，笠间也很满意他所写的作品，还说笠间夸他很好地把握住了自己的文风，相信他一定为此认真研习过自己的作品，甚至说宇田在这方面绝对有天赋。

江木还说，主编也很高兴。

听到这里，宇田非常高兴，也很得意。看出宇田心思的江木于是又向他提出一个新的请求：

"笠间的病似乎一时半会儿好不了，好像是肺部的毛病，年轻的时候就有，还会咳血。他自己这次也很担心，若严重下去不知道会怎样。虽然这么说很不好意思，但能不能就按你这次的水准再接着写三回？所有的故事发展都由你来决定。虽然笠间之前写了大纲，但看了你写的内容后，觉得非常有趣。所以哪怕你把大纲里的结局改了都没关系，想怎么写就怎么写，你觉得怎么样？"宇田看着手里厚厚的稿费，觉得诱惑难当。

他居住的小旅馆的住宿费一直拖欠着，也好久没喝过酒了，买东西更是得咬牙忍住，甚至连买稿纸的钱都经常没有。这样的生活已经持续了很久。

"好吧，"他假装考虑了一番，点头答应，"既然你和主编都说到这分上了，那我就再写写看吧。"他并不是贪图笠间的赏识和推荐，而是为了向江木和主编卖人情，当然最终是为了能在文艺杂志《R》上发表作品。

"是吗？那太谢谢了，"江木拍着手说，"主编也一定会很高兴的。说实话，"江木突然压低声音说，"关于笠间为那部小说设定的结局，不知道他是不是太累了，我们都觉得挺糟的。现在多亏你写的那些内容，故事的节奏一下子紧凑起来，场面也很生动，我们都希望你干脆写到最后。"江木说着，对宇田挑了一下眉毛。

5

宇田道夫自从开始做笠间的代笔，就对笠间的小说进行了充分的研究和分析，因为他想尽可能地脱离自己的文风。他创作的时候需要坚定自己的文风，但在代笔的时候就要彻底伪装成他人。他必须小心翼翼，不能在别人的作品中流露出自己的个性。换言之，创作和代笔必须完全分开，各自独立。

不仅如此，因为写的是不同于自己风格的作品，他觉得反而可以净化自己原有的文学性，甚至可以称其为一种学习方法——至少宇田这么认为。

江木为他找来笠间的各种小说，宇田仔细地从头阅读，进行各种分析。如果要给笠间久一郎的小说写评论，估计没人能比得宇田更细致。

笠间初期的作品个性突出，很打动人，但近来，那种特质已经渐渐磨灭，大有衰退的迹象。估计是他实在太忙，顾不上质量了。而现在，主要靠笠间特有的写作技巧将原有的风格予以保留。

宇田虽然是在连载中途开始代笔，但经过深思熟虑，决定把之后的故事全都改写。江木编辑说过那样也可以。

宇田把笠间久一郎的作品特质进行了分类：独特的句式、词汇的出现频率、对话的句末表达……他把这些特点整理成一本笔记，并在封面上打趣地写上：《笠间久一郎事典》。

宇田写完代笔的连载，从江木那里听到了这样的评价：

"多亏你把之后的改写了，结果好评如潮。笠间说想见你一面。"宇田觉得自己去见笠间没什么意义。相反，他觉得现在代笔的工作结束了，可以安心地投入自己的创作中去。趁着江木来找他，他正好可以向他讲述一下新作品的构思。

江木听完，一脸没什么兴趣的表情，和之前听宇田讲述代笔作品的构思时简直判若两人。

宇田讲完，江木心不在焉地说："蛮好的。"

"是吧？我会努力写出来的。你会如约帮忙，让我的作品刊登在《R》杂志上，对吧？"宇田劲头十足地盯着江木。

"嗯，说话肯定要算话，我会去和《R》杂志的主编说的。不过，还要看你实际写出来的成品如何，光凭你刚才说的那些肯定不行。而且你的作品拿给我看之后，即使我说了好，也许主编还会另有想法。"江木直白地说道。

宇田对江木冷淡的回复非常失望。他知道江木不想要他的什么纯文学作品。对他来说，宇田写的代笔作品才更重要，因为江木接着对宇田说了这样的话：

"笠间那么想见你，你就去一趟他家吧。我也是受人所托。"江木果然对代笔的事更为热心。

宇田跟着江木来到笠间位于芝之鱼篮坂的家，据说那是他最近刚买的房子，周围环境优雅，建筑风格兼具日式与西式。

客厅的现代时尚感与笠间笔下的作品世界完全不同。墙壁上挂着西洋画，家具都很现代。其中唯一具有笠间作品感觉的，就是一幅裱起来的写乐[①]的版画。

笠间久一郎比照片上看起来还要苍老一些，但他穿着鲜艳的毛衣和时髦的裤子，浑身散发着现代的时尚感，一点儿都看不出是写历史小说的作家。

笠间久一郎一开口，就盛赞宇田的代笔作品。

"我真的好吃惊，"他笑着说，"如果只看文字，连我自己都会产生一种错觉，以为那就是我写的呢。"

"可不是嘛，"江木在一旁奉承道，"能把笠间老师的特点完全融会贯通，真的是宇田的努力和才能的表现。"

"真的非常了不起。"

笠间对宇田大赞不已。

对宇田来说，听到这种称赞，有一种被人挠痒的感觉。如果是自己的作品被人这样称赞，他一定会非常高兴。

---

① 东洲斋写乐，江户时代中期的浮世绘画师。

他只不过写得像别人写的而已。他只有这点小聪明，就算被夸，也没法开心起来。

笠间久一郎看出了宇田的心思，于是开始殷勤地提及宇田的作品，夸他写的比最近那些新人作家好很多。但这种称赞依然让宇田没什么感觉。

这个话题并没有持续太久，他们只是客气地讲了些场面上的话。傍晚时分，笠间约江木吃饭。

"你要是有时间，就一起去吧。"

笠间笑着说。言下之意，似乎约江木只是借口，他主要是想请宇田吃饭，为了对代笔表示感谢。

宇田被他们带到位于芝之增上寺后面的一家茶屋，这里以"普茶料理"①而闻名。笠间是这里的常客，和服务员们很熟悉。

酒水与佳肴上桌后，宇田吃到了从未品尝过的美味。

酒过数巡，笠间和江木聊得很起劲。看着沉默不语的宇田，笠间故意若无其事地开口说起一件事。事后看来，这件事对宇田影响重大。

"宇田，你也知道，我真的很忙，所以开始有些倦

---

① 据说由隐元法师从福州传入日本。起初是净素的寺庙料理，以笋、蘑菇、海带、山药等为食材，由专门修行的寺庙师傅烹饪。后来成为"精进料理"的代名词。

怠了。而且健康也有问题。我其实希望自己能稍微轻松一些。"

"是呀，笠间老师太拼了，身体会吃不消的。"江木从旁喊道。他盘腿而坐，已经喝得满脸通红。

"我想问问你，能不能再帮我一阵子？如果是你，我觉得完全没问题。我看过你写的作品，觉得就像是我写的。我会非常感谢你的，酬劳不是问题。怎么样？当然，这个秘密只有我们三人知道，绝对不能外泄。如果被别人知道了，别说你将前途尽毁，我也不会有好结果。"

6

之后，宇田正式为笠间做代笔。最初只是两部短篇，为了商议内容，宇田经常往笠间家跑。

虽然宇田是代笔，但故事的发展仍要由笠间来定夺。为了理解笠间的设想，宇田一次又一次地往笠间家跑。但笠间一时今天没空一时明天不行，让宇田白跑了很多次。

如果迟迟不给出故事大纲，代笔的宇田就会因为截稿日而发愁。每到这种时候，笠间就会满脸愁容地对宇田说："你能不能帮我想想？你有没有什么好主意？"

笠间对这部在报纸上连载的小说很上心，但他的状态一直不好。他似乎很努力地想要挽回颓势，所以又答应了给杂志写短篇，但其实他根本没有余力。宇田看在眼里，也替他发愁。

宇田很同情笠间。报纸上的连载每天都有，遇到瓶颈写不出来的时候确实非常痛苦，更何况笠间还要同时为两本月刊写稿。"我试试看吧。"宇田无可奈何地说。

笠间由衷地松了一口气："拜托你了，谢谢你！"于是，笠间把两部短篇全都交给了宇田。

两部短篇分别写了三十五张和四十张稿纸，宇田为此费了不少脑筋。写完草稿，宇田拿去给笠间看。虽然笠间说全权委托他，但终究还是要以笠间的名义发表，所以必须得到他的同意。

结果，笠间家里的用人说主人坐火车去了汤河原，但对笠间投宿的旅店缄口不提。

宇田觉得如果问报社的人应该可以知道他住哪里，但那样的话他就得跑去汤河原"请示"，肯定来不及按时交稿。宇田认为，反正如果出事，责任在笠间，所以擅自写了定稿。其中一部因为他实在想不出好点子，就从某部翻译作品中选了一个主线故事，然后粉饰一下，写了出来。

四天后，他来到鱼篮坂的笠间家送稿子，用人说主人后天回来。

宇田想起要寄给朋友的信忘在口袋里，于是去路边的一家杂货店买邮票。贴上邮票后准备投邮筒时，他突然看到笠间家的用人急匆匆地跑向邮筒。宇田不想和用人打照面，于是悄悄地躲到一边。用人没看到宇田，快步从他眼前经过，然后单手把一只厚厚的大信封投进了邮筒。

宇田猜到那就是自己刚刚送过去的稿子，用人寄送的地点肯定就是笠间在汤原河的住址。他觉得用人的打扮有些奇怪——一身便装，穿着拖鞋，一副马上可以顺路去买菜的模样。

四天后，江木出现在宇田面前。他笑着从口袋里掏出一只信封。

"这是笠间叫我给你的，说是上次的谢礼。"

宇田打开信封看了一眼，金额比自己想象的要少，和之前救场的那次代笔相比，这一次，每一页只有原来报酬的三分之二。

宇田认为是江木从中抽了成。虽然很不开心，但也没法抱怨，因为他还指望着日后要靠江木在《R》杂志上发表作品。

"你最近的生活舒适多了吧。"江木看着屋内的陈设说。事实上，他身后就摆了一台最新款的收音机，书桌也是新的，上面还放着三盒香烟。宇田的生活确实有了巨大的改变。

"我写的作品反响如何？不会被发现吧？"宇田有些担心。

"绝对不会，所有人都以为那就是笠间的作品。作品的反响也非常好，大家都说比笠间原来的作品更有趣。"

宇田一开始以为江木说的是客套话，但最近他所听到的说法也确实如此。他依旧与以前在同人杂志的朋友有来往，那些人里有人一边在搞纯文学一边看通俗文学，那人也说了和江木一样的话。宇田因此觉得很安心。

"笠间之前写的都没什么意思，但最近发表的两部短篇非常棒。大家还以为他太忙，作品水准会一落千丈，但现在看来，他已经重振旗鼓。真的好厉害。"朋友如此称赞道。

宇田因此信心大增。

江木每次与宇田见面，都会拜托他新的代笔任务，宇田由此推测，笠间现在状态不佳。这天，他向江木求证。

江木压低了声音说："你可得保密。"

然后向宇田吐露了真相："笠间最近已经完全写不出东西来了。不只是瓶颈期的问题，他的思路已经完全枯竭，之前积累下的素材也已经全部用完。"他继续说道："但其他报社和杂志社的编辑都还不知道，还在不停地向他约稿。他自己当然说不出口，所以非常痛苦。而且你之前替他写的两部短篇好评如潮，导致杂志社希望他写出更多的稿子。你说这事儿够讽刺吧？"

虽然宇田已经猜到了大概，但没想到已经到了这种程度。听到笠间的现状，宇田觉得很不可思议。"事到如今，他打算怎么办？"宇田轻声问江木。

"他自己也很痛苦。这阵子开始自暴自弃，沉迷女色。在神乐坂附近大肆挥霍。他有的是钱，很多人都很羡慕他。但知道事实真相的人都会觉得他很可怜……请你继续为他代笔吧。他也是这么拜托我的。"

宇田觉得江木一定从笠间那里收了钱，现在扮演着说服并联系自己的角色。最近，从江木嘴里不再听到"笠间老师"，而是换成了"他""那家伙"之类的叫法。流行作家江郎才尽之际，编辑口中的那些话，其实已经是一种无意识的批判。

"好的。"宇田终究还是答应了下来。

7

宇田继续为笠间久一郎代笔写稿。如今，笠间只是把宇田所写的重新在稿纸上抄一遍。宇田想起那天看到用人投信到邮筒的情形，觉得笠间根本没坐火车去外地，而是一直躲在东京市内的某家酒店里。

笠间自己会抄一遍文章。但因为是抄的，所以看上去没什么修改痕迹，会很整洁。宇田觉得很奇怪，编辑们难道都没人注意到吗？他问江木，江木大声笑着说："你不用担心那种事。笠间很小心，不会完全照抄你写的内容，而是会故意写错，然后划掉改正；或者在某一处反复涂改，弄得很脏，给人感觉就是他写出来的。他在这方面还是很下苦功的。"

原来如此。宇田明白了其中的奥秘，不由得佩服笠间就像个智能型罪犯。

"但有一点例外，就是你写的内容在历史考证方面有不少错误。这也没办法，毕竟你不具备这方面的专业知识和经验，这就要靠笠间长年累月的经验了。所以他会对你的文章从考据方面进行改正。这方面才是他的真本事。"

"但笠间从来没对我说起过这种事。"

"他肯定不会说啊。你是外行，对你说了能有什么用？更何况，如果没了这方面的本事，他笠间久一郎还剩下什么？"江木笑得咧开了嘴。

一天晚上，宇田和同人杂志的朋友们聚会时，之前曾夸奖过笠间作品的人说："最近的笠间久一郎有点奇怪。"

宇田心里咯噔一下。

"同样是他的作品，好的和差的差别太大。之前的两部短篇真的很棒，但之后发表的东西就很莫名其妙。有特别好的，也有糟糕透顶的，两者的差距非常明显。"

"会不会是稿费给低了，他就随便乱写？"另一个男人说。

"不一定，因为好的杂志上也会有他的差评作品。要么就是撰写佳作的时候，他突然发力了？不知道到底哪个才代表他真正的水平。"

宇田听了，越来越有自信，但没法由衷地高兴。作为别人的代笔，就算把通俗小说写得再好，也没有任何意义。相反，这可能会成为腐蚀自身纯文学性的毒药。他觉得自己迟早要和这种事撇清关系。

然而，有两个理由让他不能立刻下决心撇清。其一，笠间不断地间接通过江木给他活儿干，以至于他一直没找到机会说"不"。其二，如果他提出拒绝，就得不到一分钱稿费。

事实上，自从开始做笠间的代笔，宇田的日子就越过越滋润。当然，比起宇田，笠间得到的更多。换言之，笠间就是榨取宇田的机器。然而，宇田没法对此提出抗议，因为这是从一开始就定下的规矩。而且，就算宇田写得再好，也不可能以宇田的名义发表赚钱。正是因为打着笠间久一郎的名号，才能有稿费。

宇田已经三十岁了。之前因为没钱，所以没法有欲望。但自从开始为笠间代笔，他就常去料理屋喝酒，也会去找女人。之前一直想买却舍不得买的书，现在不用看钱包就可以轻松买下。他住的地方也换了，房间焕然一新，光鲜亮丽。

他以前一直觉得可望不可即的紫檀木书桌，现在摆在了八张榻榻米大的房间的窗下。书桌一侧是书架，上面摆满了作家的作品全集。坐在这样的房间里，让他有一种自己已然是成功作家的错觉。

他一边为笠间做代笔，一边也在为自己的创作而努力。他对自己说，为他人代笔只不过是为了解决生活问题，自己有别的、真正的价值。

然而，写作速度本来就偏慢的他，一到提笔写纯文学作品的时候，就更加慢如龟速。其实，他为了赶写笠间的稿子，根本没时间好好钻研文学。毕竟代笔可以为他切实地带来金钱，而在金钱的魅力面前，宇田只能认输。

　　而且，最近宇田已经可以完全模仿笠间久一郎的文风。他就像笠间的分身，可以毫不犹豫地奋笔疾书。现在都不需要看那本《笠间久一郎事典》的笔记。甚至可以说，他比笠间本人更了解笠间的写作特点。

　　江木作为笠间的信使，常来找宇田。他既是收货人，也是监督者，同时还是稿费的送款员。江木本人的着装也越来越气派。

　　"江木先生，能麻烦您和这期《R》杂志的主编说说好话吗？我正在着手写一部一百五十页左右稿纸的作品。"宇田看着江木，拜托道。似乎只有这样做，才能让他为人代笔的内心好过一点。江木还是老样子，点点头敷衍地说"好"，然后马上又拜托宇田写新的代笔作品。

　　"我知道你想要从事纯文学创作的心，但是你的年纪也不轻了，所以没必要着急。而且就算成为新人作家，那种纯文学杂志的稿费太低了，还不及你现在做代笔的收入的三分之一。”

江木还举了实例，把最近几个在文坛发光的新人作家的“行情”全都告诉了宇田。

“这是会计告诉我的数字，肯定不会有错。而且这些人又不是一直能在杂志上发表作品，就算一年四部作品好了，这个数量其实已经算多了，但能有多少稿费？而且要走到这一步非常不易。比如S君，现在算是明星作家了吧？他自己也很得意，但就收入而言，还是你比他赚得多很多。”

这话从经济上来说确实不假，但宇田还是很羡慕那些虽然钱少但能在文坛出人头地的人，江木刚才说到的其中一人就曾经和宇田一起办过同人杂志。在宇田看来，自己比那人更有才华。

江木也说：“没错，那家伙的小说只是看上去比较有新意，但其实骨子里就那么点儿东西。而且他真的一点儿都不聪明，这一点上，你比他强多了。”

最近，宇田一心想写一部属于自己的杰作。他在从大学开始就一直记录的素材笔记里寻找灵感，但就是没什么进展。他觉得以前的自己不是这样的。就在他写不出自己的作品的时候，给笠间代笔的活儿又压了过来。

8

代笔的事不可能永远不为人知。这个秘密得以保守了两年，一方面是因为三个人的关系已经非常稳固，谁也不会说漏嘴；另一方面，也是因为宇田已经可以完全模仿笠间的文风。

失去创作力的笠间反而因代笔作品而得到世人的好评。讽刺的是，笠间还因此得到了他之前一直求之若渴、视为梦想的一流报社向他约稿写连载小说的机会。

笠间久一郎发愁地找宇田见面。当时，笠间正在位于白山的旅馆包间里和五名艺伎嬉闹。见宇田进屋，笠间让艺伎们都出去，然后向宇田道明一切。

"我虽然接了这活儿，但离首次连载的日子只有短短两个月了。我也想过很多构思，但真的没什么出众的。所以这一次也必须找你帮忙。你知道吗？我一直都想为××报纸写稿，所以这一次给你的稿费绝对高过以往。拜托快点儿帮我动动脑筋吧！一周后，报社文化部的人就要和我谈具体内容了。要是到了那时候我什么都说不出来，真的会很没面子。"

"那么重要的工作，我可能承担不起。"宇田一想到笠间刚才和艺伎们疯狂嬉闹的模样就气不打一处来，所以故意这么说。

突然，笠间双手撑在桌子上低下头来："求你了！再帮我一次！"

世人眼中风光无限的流行作家笠间，此刻正低头求助。宇田觉得他可怜，而且自己最近也在银座的夜总会认识了一个女人，需要很多钱去给那女人捧场。

"我不知道行不行，但试试看吧。"宇田答应了。

笠间猛地抬起头，反复向宇田鞠躬道谢："谢谢！谢谢！"

"笠间先生，快别这样。"宇田被他弄得很不好意思。

"你真的就是我的恩人……我打算这次之后就不再麻烦你了。我也会拼命努力的……你也不可能一直只做代笔，等这次报纸的连载小说完成，我会帮你发表你的作品。有了我的推荐，杂志社肯定二话不说就会要你的稿子。为了你，我一定会尽力。"

笠间郑重地保证道。

（事到如今怎么还好意思说这种话？笠间久一郎，你不知道自己完全是个废物了吗？论小说，我写的比你不知道好多少倍。比起你自己写的小说，我代笔的那些作品口碑更好。还说什么推荐呢？编辑只要一比较，就能分出孰高孰劣。要你的推荐有何用？）

宇田觉得，得益的明显是笠间久一郎。现在的笠间久一郎之所以还能保有作家的名声，在这里和艺伎们挥霍享乐，全都是宇田代笔的功劳。换言之，笠间是借用宇田的才能，让自己名利双收，得以奢侈度日。

两个月后，一流的报纸上开始连载笠间久一郎的小说。和之前一样，是有着浓郁江户气息的作品。故事的开头引人入胜，其后的展开趣味盎然，一下子就吸引了大批读者，好评如潮。

这阵子，宇田已经不觉得自己是在为久一郎做代笔。他有时候会分不清这部作品到底是笠间写的还是自己写的。为了能让这部小说更受欢迎，他铆足了劲，拼了命地写。每次听到别人夸赞这部小说，他就会高兴得想要跳起来。然而，当听到别人随后说"不愧是笠间久一郎，这情节安排得真巧妙""能写出这么棒的小说的，当今文坛无人能出其右"时，刚才还高兴得忘乎所以的宇田就会有一种突然被推入深渊的感觉。

自己只是笠间的影子。无论小说本身受到多大的欢迎、多高的赞誉，被称赞的终究不是自己，而是笠间久一郎。一想到这里，他就觉得特别无奈。

这天，宇田把连载两回的稿件整理好，送到了鱼篮坂的笠间家。一年前，笠间造了新房，现在已经是富丽堂皇的府邸。

笠间迅速地把宇田送来的原稿抄了一遍，然后把历史考证方面有误的地方改了过来——只有这部分是宇田不可企及的。

笠间在历史考证方面口碑颇佳，时常会为报纸或杂志撰写有关江户时代的随笔。当时有很多江户时代考证方面的学者，比如M就很有名，而笠间的造诣绝不在其之下。

然而，一个"意外"让笠间和宇田跌下高台。

9

报纸开始连载小说三个月后，差不多到了第九十回的时候，故事情节渐入佳境，越来越有看头。宇田仍会继续往笠间家送原稿，但总比约定的时间晚两天，因为他要在银座酒吧女家里过夜，纵欲无度之后，就会怠于提笔。

宇田着急地赶写出稿件，送到笠间家时，不巧他正好外出。"主人昨天没回来，我也不知道他去哪里了。"

宇田觉得笠间肯定又出去放纵玩乐了。他觉得只要放下稿子就可以走人，之后的事由笠间负责交给报社。

他只需要完成自己的义务。

第二天，为了追回进度，他一下子写了连载五回的量，并全都拿去笠间家。但这天也没见到笠间。

用人说昨晚笠间打来过电话，让她把稿件送去位于白山的旅馆，据说最近他一直住在那里。创作力枯竭的笠间就像一只没有翅膀的鸟，只能把苦恼和绝望全都发泄在酒和女人身上。

"我都快看不下去了，"江木也说，"他脸色苍白地大口喝酒，像个鬼一样。笠间作为作家的生命已经结束了。不过只要你肯再帮他一阵子，就能让他再多'活'几天。"

笠间久一郎就像脱了壳的蝉，脑子里只剩下空洞。

宇田心想：笠间快完了。江木说靠我的努力可以让他继续苟延残喘，但我对笠间既无感恩，也无尊重，一切只是为了代笔的酬劳。我是被笠间榨取、剥削的一方。笠间之所以能如此挥霍享乐，全都是因为我在努力卖命。让我承担所有劳动，却只给我这么少的钱。笠间久一郎不过是徒有虚名。不应该有这么不合理的事。

宇田决定，写完这次约定的报纸连载小说，就和笠间彻底一刀两断。

事到如今，也不需要笠间为他介绍什么杂志的负责人了。宇田觉得自己非常有实力，一定会有人愿意为自己的作品买单。

然而，另一方面，自己希望写的纯文学作品却一直没有进展，宇田对此很不是滋味。他觉得自己真正的才华在纯文学领域，代笔只是他的小聪明的一张假面。

宇田有些着急地想要回到正途。所以每次写完两三回的报纸连载小说，他都会抽时间开始构思一直以来念念不忘的野心之作。然而他的笔就是动不了。宇田很是狼狈，他觉得不应该是这种情况。难道是因为一直给笠间写代笔作品，所以纯文学功力荒废了吗？宇田不愿意接受这种可能。他对自己说，只是因为要给笠间代笔，所以自己没时间而已。等不用为他代笔之后，就会有时间。到时候一气呵成，写上一百五十页或者两百页稿纸，就托江木拿去发表。

之后又过了两天。

江木突然大惊失色地来找宇田。

"惨了！出事了！"江木顾不上坐下，冲到了宇田的书桌旁。

"怎么了？"因为不知道到底出了什么事，宇田只能呆呆地看着江木惨白的脸。

"你四天前是不是给过笠间稿子？"

四天前的稿子，就是宇田匆忙赶出来迟交的那份。

"那里面出了个大差错。"

"什么差错？"一开始，宇田还以为是写错字之类的问题，他觉得没什么大不了。

江木一屁股坐了下来："读者来信投诉了。"

"投诉？"

"经过考证，那里面出现了一个重大的历史错误，而且所有人都觉得那是一个缺乏常识的错误。"

"……"

"于是报社察觉，笠间可能找人代笔，毕竟之前他交的原稿很干净，完全不加涂改。报社的人早就觉得事有蹊跷。"

"但他不是会做做样子，让原稿看起来是修改后写成的吗？"

"怪他运气不好。那家伙因为宿醉，一直睡大觉，根本没空看你的原稿。截稿日期一到，就直接交给报社了……"

"……"

"他本来在江户历史考证方面非常有信誉，读者觉得他不可能会犯这种低级错误。而且，这不是什么能用一时疏忽来解释的错误。笠间那家伙现在彻底懵了，正在家抱头痛哭呢。"

宇田惊得说不出话来。他一直以为在历史考证方面，笠间会负责改正，所以写的时候比较随意。除了改正考证的部分，小说的原稿中根本没有笠间的存在感，所以宇田一直觉得自己把改正的活儿留给笠间，是为笠间着想。

但运气不好也事出有因——

首先，宇田自己吃喝玩乐，懈怠了写稿。要是早点儿把稿子交给笠间，也许笠间就不会那么大意。因为自己交得晚，所以笠间当时没有太多的审稿时间。

第二，笠间自己也玩过了头。明明截稿日迫在眉睫，他居然敢看都不看一眼宇田的稿子就直接交给报社，这种举动实在太轻率。

然而，现在后悔已无济于事。

"怎么办啊？"江木哭丧着脸，一个劲儿地抽烟。

"怎么会因为那个差错，就认定他找人代笔呢？"宇田希望还有一丝挽救的可能。

"如果是普通问题倒也算了，但关于那个问题的读者意见让报社觉得问题很严重。负责人还去找笠间质问过。笠间当时编了各种理由搪塞了过去，但报社其实早已看穿一切，估计会暂停现在连载的那部小说……"

"……"

"这么一来，媒体肯定会大肆报道，笠间的作家生涯必然就此终结。其他出版社若知道他找人代笔，肯定都不会放过他……真的会很惨。那家伙……估计要有好戏看了。"

宇田心想：之前我就一直在说差不多该停手了，别再叫我做代笔了。但江木仍旧每次都受笠间指使，来逼我写稿。这只能算活该。

江木的表情就像在嘴里嚼着一只虫子。他说的那些话似乎在责怪宇田：弄成这样，宇田要负一半的责任。江木的这种态度让宇田很气愤。

"江木先生，趁此机会，我和笠间一刀两断。我也可以如释重负。这么久以来，笠间的影子在我的身体里就像下了一道符。"

"……"

"对了，江木先生，今后我会努力写纯文学作品，这事儿到此为止也好。你之前答应过我的《R》杂志的事，可别忘了哦。"

"嗯，那应该没问题……"江木的语气就好像是第一次听宇田提起这件事。他一边说着，一边不高兴地吐着烟圈。

"我会拼命创作的。我觉得自己因为这件事算是彻底清醒了。"江木一脸不置可否地看着宇田。

对江木而言，比起宇田今后打算在哪里发力，他更关心笠间会如何急速没落。

10

之后过了二十天。笠间的连载小说被突然停止更新。因为只连载到三分之一，所以读者和杂志社同行都很震惊。一般的读者完全弄不清是怎么回事。

宇田觉得笠间这次算是彻底完了。一想到笠间，他就有无限感慨。然而，他同时也见识到了何为创作的可怖。

原本是笠间主动找他，现在事情弄成这样，真的只能说笠间是自作自受。但宇田并非完全没有作为帮凶的罪恶感。

他像对江木宣称的那样，开始纯文学创作。

他翻开之前的素材笔记，调整心态，从新的一张稿纸的第一格开始动笔。

他告诉自己，现在才是自己真实的姿态。

就像他对江木所说的那样，之前，笠间就像个瘟神一样附在他的心上。

现在他觉得一身轻。虽然代笔的稿费没了，生活上多少会有些拮据，但好在之前存了一些钱。

　　不过他仍和银座的那个女人在一起，这方面的开销少不了。所以他对自己说，必须好好创作，不然肯定又会因为贫穷而去做不该做的事。

　　他试着提起笔，却怎么也写不出来。虽然之前也曾有过这样的情况，但当时他还在为笠间代笔，所以以为是忙碌让他没了心思。现如今那种障碍已经消除，他本以为自己会文思如泉涌。

　　然而，他居然什么都写不出来。

　　好不容易写下五六行，回过头重新读一下，却发现句不成句，文不成文。他气得把稿纸撕烂，然后重新拿出一张新的。以前，他至少能写出让自己满意的文章，但现在，勉强写了两三页之后，自己读着都觉得没劲，遣词造句都像是废话连篇，只是一堆通俗的文字空洞地在稿纸上排列出来而已。

　　宇田生气地把稿纸全都撕碎，在榻榻米上翻来滚去，不停地抓头发。

　　（难道是因为一直给笠间做代笔，所以不知不觉间已经失去了自我？）

　　宇田觉得不应该会这样，他做代笔只是为赚钱而己。他一直小心翼翼地呵护着自己的文学初心，虽然为通俗作家做代笔，但他一直觉得自己的文学魂始终存在于别处，就像僧侣遵守戒律一样，一直严于律己地守着那颗文学的心。怎么会写不出来呢？现在写不出来只是暂时没有创作的激情而已。宇田试着这样说服自己，想要把自己从已经无法创作的绝望中拯救出来。

宇田道夫在深夜的房间里坐在被炉边。在这山阴的深山里，四月之前必须使用被炉。

老板娘和服务员们都已经睡了。只有他完全没有睡意，在被炉上撑着下巴。

他猜二楼的笠间久一郎估计已经睡了。他觉得有些怀念，也想现在就上楼去见一见笠间。对方一定会非常吃惊。那件事之后，已经过去了十五六年，但仿佛就发生在昨天，所有的过往和情感就像昨天的一场梦。

不知道笠间现在做什么工作。他来到这深山的破旅馆，看上去没什么特别的目的。他在住宿登记栏里写的是"作家"，说明他对过去的梦想仍有留恋。

听服务员说，他穿得很破旧，晚饭也选了最便宜的一种。曾经在白山和神乐坂坐拥众多美女、挥金如土的模样已荡然无存。

也许他现在从事跑外勤的销售工作吧。年纪大了，做不了别的，而且被派来这种深山附近跑业务，说明任职的也不会是太好的公司。估计他是在出差途中想要喘口气，才来这里住一晚。

对宇田而言，笠间是一个加害者。他的作家生命就是因笠间而被扼于萌芽阶段，所以他恨笠间。

——自那之后，宇田也曾继续尝试创作纯文学，但就是无论如何也写不出。在为笠间代笔的过程中，宇田已经失去了原来的自我。

说到失去，其实还有一种成为通俗作家的可能性，但也在无意识间消失了。

宇田后来变得很缺钱。因为写不出纯文学作品，他就想干脆转向通俗小说。他当时很有自信，觉得自己比笠间更有想象力。

宇田放弃了纯文学，决心改行写通俗小说。对他来说，不管写什么，只要能让他在文坛扬名立万就行。无论在哪一个领域，只要成功，就算如愿。而且，他不得不尽快解决生活问题。拖拖拉拉一直做文学青年的梦，只会徒增年龄。宇田看过太多的实例，同人杂志聚会的时候，总能遇到一两个年过四十还只能"自称作家"的男人。

他们睥睨年轻的文学青年，满口豪言壮语；他们把已经在文坛成为中坚力量的作家或是新人作家称为自己的同辈或晚辈；他们会对这些人的作品吹毛求疵，看不起他们；他们还会散布一些道听途说的花边新闻，自吹自擂地夸自己的评论有多犀利。但从没听说这些人写过什么作品，也没见他们取得过什么成绩——他们专找那些看起来有点儿闲钱的文学青年，说一些不着边际的话，从他们那里骗酒钱。

宇田道夫不想变成那种文学垃圾，无论如何都不想。即便不是纯文学而是通俗小说，他也渴望获得成功。

他花十天左右写了五个短篇。他先拿给江木看，希望能发表在江木任职的杂志上。虽然不是《R》那样的杂志，但宇田觉得自己写的作品应该很对江木担任编辑的杂志的胃口。

然而，他的这种自信被江木一竿子彻底打翻。

这一次，宇田在会客室等了江木很长时间。江木出现的时候，一脸傲慢，瞥了一眼宇田的稿子说："你就算写这些东西也没用。我知道你给笠间做过代笔，所以不是很方便。而且你的东西和笠间的一模一样。笠间因为找人代笔已被逐出文坛，你写的和他一样能有好结果吗？这种东西没有出版社肯收。"之前曾对宇田低头求代笔的江木，现在则变成这样一副面孔。

宇田愤然离开。

他之后又跑了发行类似杂志的另一家出版社。编辑虽然出来见他，但稿子才看到一半就对宇田说："你写的和笠间感觉一模一样嘛。那种风格的作品，我们暂时只能避而远之。不过你写得倒是很不错，感觉得了笠间的真传……"

之后他又跑了好几家出版社，结果都一样。

不知不觉，宇田已经被笠间久一郎的影子完全占据，不得不接受已经失去自我的现实。

之后，宇田换过很多工作，年纪越来越大。因为工作来到地方上时，在这间山川屋住了一周，其间和这里的老板娘好上了。

笠间久一郎已经跌入人生谷底。但仔细想来，宇田觉得如果没有自己，笠间可能不至于落得那么悲惨的结局。虽然作品的质量有所下降，但至少可以有更长的作家生命。就是因为自己这种半吊子写的东西被发现了破绽，他才会身败名裂。这么想来，也许在笠间看来，他是受害者，宇田才是加害者。

早春山谷间的夜里非常寒冷。宇田道夫的上半身靠在被炉上，肩膀冻得瑟瑟发抖。